ZON

CB066789

TRADUÇÃO Lívia Bueloni Gonçalves

Paula Anacaona

TATU

Sister

– Ei, *sister*! Raramente ando na rua, exceto para ir à academia, quando vou no mesmo ritmo que meu cachorro Honolulu pra ir me aquecendo, o resto do tempo sempre ando de carro, agora me lembro por que, minha primeira reação foi me perguntar o que é que esse Negro faz na minha rua a essa hora, preciso falar com meu segurança pra dar um toque à polícia; pagamos muito caro por nossa tranquilidade, não é à toa que nosso bairro não tenha metrô, pensando nas personalidades políticas que moram aqui, o bairro poderia facilmente ter um desviozinho, um alongamento ou uma bifurcação de linha, mas quem diz metrô diz ralé, então nossos empregados tomam ônibus, vários ônibus, levam horas pra chegar, mas alguns patrões, entre os quais me incluo, reembolsam integralmente as tarifas do transporte, e também não é um tempo de todo perdido, eles podem ler no ônibus, né?

– Ei, *sister*, tô perdido, você não sabe onde é a rua...

Ele está procurando trabalho: segurança, motorista, jardineiro? Primeiro precisa arrumar os dentes, é a primeira coisa que penso, sua boca é um campo de batalha; segundo, cortar os *dreadlocks*; terceiro, ser mais formal com quem não se conhece; começou mal se quer trabalho, *brother*, percebo que esse Negro acaba de me chamar de *sister*, *sister*, eu?

Sister, hoje descobri que tenho um *brother* negro de *dreadlocks*; muda, observo-o, ele me observa, Honolulu ultrapassa-o, eu ultrapasso-o, observando, sem responder, na caminhada atlética, braços tonificados, fones de ouvido. Atrás de mim, atrás de mim porque tem que ter culhão pra me dizer na cara e isso, apesar do que parece, poucos homens têm, escuto: "Vadia!".

Melhor vadia que sua *sister*; nada, não tenho nada em comum com esse rasta, fora a cor da pele, ainda que a minha seja mais clara, insisto, ou que pareça mais clara por ser bem mais cuidada, nada, fora os cabelos, ainda que os meus sejam realmente hidratados e macios e pintados de castanho, fica difícil achar um ponto em comum com esses *dreadlocks* retorcidos, nada, fora uma história comum, há muito tempo, de humilhação, de dominação. Os Negros do Brasil, dos Estados Unidos da América, do Caribe vieram todos do tráfico negreiro, nenhum Negro veio à America por sua vontade, são muitos! percebi de repente; olho bruscamente para os transeuntes ao invés de apenas olhar de relance, assim cedinho há apenas os seguranças dos prédios atrás de suas guaritas, os jardineiros, as babás e as domésticas que chegam ao trabalho, com suas peles escuras e seus cabelos crespos; minhas empregadas já chegaram há uma hora, elas não têm uniforme, isso é ultrapassado, mas se vestem de branco, para que as distingamos, sem confusão possível.

Eu me acabo no remador por trinta minutos, quinze a menos que de costume, estou com a cabeça longe, penso nesses milhões de Negros das Américas, por que fico pensando neles? Meu motorista vem me buscar, digo pra ele ir para a maior avenida de São Paulo, ele me deixa lá, tenho quinze minutos, ele deve achar que tenho um encontro com meu amante, mas só se eu fosse muito imprudente para encontrar meu amante diante desse tagarela incorrigível com dentes de coelho, me sento no balcão de uma lanchonete qualquer de sucos, o balcão está pegajoso, não sei onde colocar as mãos, unhas pintadas em bege natural, *And God Created Woman*, me sento bem na ponta do banquinho, vou sujar meu terninho cigarette em crepe de seda azul-marinho, preciso achar espaço, é horário de pico, peço um suco de clorofila, vejo o funcionário suado enxugar a testa e depois cortar as frutas, vejo o funcionário servir os folhados com sua luva de plástico descartável e pegar o dinheiro com a mesma luva de plástico descartável, ele não entendeu o significado da palavra descartável? Geralmente não suporto multidão, mas hoje quero senti-la, será o efeito rasta? São oito horas da manhã, a avenida está lotada, dezenas de pessoas passam na minha frente nessa calçada imensa, apressadas, com suas mochilas, documentos sob os braços, bolsas sobre os ombros, todos esses trabalhadores e estudantes, ferve de gente, gosto disso, meu novo país estuda, meu novo país trabalha, meu novo país produz; hoje quero ver com meus próprios olhos meu novo país ativo e ocupado.

Vejo um baixinho atarracado claramente de origem portuguesa, seus antepassados vieram fazer fortuna aqui, a julgar pela calça mal cortada do descendente não conseguiram, mas pelo menos tentaram, idem para essa asiática, neta de Nisseis? Muitos imigrantes devem realmente ter se decepcionado ao chegar, mas tiveram um sonho ao partir, o de tentar uma vida nova; foi o que sempre amei na América, essa energia, essa positividade, essas pessoas que aqui desembarcaram pra viver uma aventura, descobrir um novo mundo, fugir da miséria, ficarem ricas; mas esse Negro, essa Negra, nenhum deles quis vir pra cá; ela, dejeto humano que limpa as lixeiras; ele, homem-sanduíche parado no meio da calçada distribuindo folhetos com as melhores ofertas; ela, com seu alto rabo de cavalo e as coxas deformadas pela celulite que ficam se tocando – suas calças devem estar até gastas na virilha –

ele com sua cabeça raspada, seus óculos de armação fina, sua pasta e seus fones de ouvido – o que um tipo desses deve ouvir?–; ela, que fala no telefone desequilibrando-se no salto; ele, com o rosto escondido pela barba, o boné, os enormes fones de ouvidos e os óculos de sol de espessa armação; ela, o clichê da funcionária que deixa um rastro de perfume adocicado; ele, com suas tatuagens; ele, com sua camisa xadrez esticada na barriga; todos, esses milhares, esses milhões de pessoas, são os descendentes desses Negros que chegaram de barco? Quantos? Milhões, acredito, quantos navios? Havia quantos passageiros nessas caravelas infestadas de ratos? Uma centena, duzentos, trezentos, enchendo bem? Mesmo aumentando os barcos depois, teriam feito centenas de milhares de viagens na estrada atlântica? Que loucura, loucura estranha, quando, como, por quê? Não, por que não, todo mundo sabe o porquê: por cobiça, mas quando, como? Bem no começo, no fim, no fim de tudo, mesmo quando, apesar de proibido, era lucrativo demais pra parar?

Dentuço buzina discretamente, preciso ir, chega de *brothers* e *sisters*, o que aconteceu comigo? Desde que moro no Brasil é a primeira vez que me sinto perto do povo, ou melhor, que me sinto brasileira, ou quase.

* * *

É sempre em torno do esporte que acontecem os únicos imprevistos da minha vida burguesa e certinha; é verdade que, na minha vida profissional, incorporei de imediato os códigos de vestimenta, linguísticos e sociais da alta burguesia, mas no esporte as possibilidades são limitadas: uma legging, um top, uma regata, tênis, fones de ouvido, tudo de marca, mas no fim das contas, pobres e burgueses transpiram sobre a mesma marca, nas mesmas roupas, notadamente essa marca americana que monopoliza grande parte do mercado esportivo mundial; eu até diria que as classes sociais se nivelam quando praticam esporte no parque Ibirapuera, claro que a corpulência tem seu papel, quanto mais pneuzinhos aparentes, mais a classe média baixa salta aos olhos; enfim, é sempre em torno do esporte que me acontecem os imprevistos, aqueles que, digamos, apimentam a existência. Aquela vez foi num clube de férias à beira-mar, hoje prefiro as pousadas históricas, com seu estilo próprio, seu charme, mas naquela vez, há muitos anos, ainda vivíamos na França, Primeiro-Marido e eu ficamos tentados por esse clube de férias, dessa rede francesa que tem clubes pelo mundo inteiro, que propõe muitas atividades, para as crianças, para os pais, numa atmosfera dita cordial, precisávamos sair do ambiente de trabalho, fomos para bem longe para ter a certeza de não encontrar nenhum conhecido, os primeiros dias foram maravilhosos, estávamos totalmente relaxados, uma verdadeira ruptura com nossa rotina, a felicidade de não se preocupar com a aparência, Primeiro-Marido não tirou o shorts e a camiseta dessa prestigiada universidade americana onde nós dois estudamos e eu, não usei salto alto uma única vez, sempre arrumada, claro, mas sem salto alto, nessa época as escovas progressivas não eram tão boas como hoje, elas destruíam o cabelo, então eu me obrigava a fazer escova toda manhã e me lembro, durante essas férias, não quis nem saber, deixei meus cabelos naturais, com belos cachos, sedosos, não muito crespos, usava apenas um lápis de olho verde-turquesa sobre meus olhos negros, em minha pele bronzeada, era encantador, Primeiro-Marido disse que me adorava desse jeito, me deixava menos – ele procurou a palavra durante alguns segundos – *corporativa*.

    Conhecemos um casal francês, seus dois filhos brincavam com nosso filho mais velho, eles se adoravam, mal acordavam e já vinham bater na porta de nosso chalé, e não os víamos mais durante toda manhã, apenas no almoço, e não os víamos mais durante toda tarde, apenas no jantar, e não os víamos mais depois; nós, os pais, acabamos simpatizando uns com os outros, dela, lembro-me dos dentes manchados e separados, era professora nessa universidade elitista parisiense pela qual passaram quase todos os políticos e ministros franceses, da qual nunca quis fazer parte, tamanho o horror que eu tinha dos altos escalões do serviço público francês, dele – não me lembro mais dele, lembro apenas de sua careca que ele enchia de protetor solar e que, apesar disso, ficou queimada e descascou lamentavelmente. Os primeiros dias de férias foram maravilhosos, o mais velho ia brincar com seus amigos e deixávamos o caçula no clubinho, Primeiro-Marido e eu podíamos ir à praia, fazíamos corrida, windsurf, vôlei, dança, yoga, fazíamos tudo, todos os esportes e quase todas as atividades, até demos risada: "Vamos fazer valer nossa grana, vamos fazer todas as atividades, até mesmo Palavras Cruzadas!", que tínhamos jogado lamentavelmente um dia – esse mesmo pensamento que muitos turistas devem ter: "Vamos fazer valer nossa grana, vamos esvaziar o bar deles, eles vão se arrepender de nos receber no restaurante!" –, mas Primeiro-Marido e eu, nesse aspecto ao menos, éramos parecidos, odiávamos os gordos e comilões.

Uma noite convidamos oficialmente o casal francês para tomar um aperitivo em nosso chalé, para não ficarmos apenas nos cruzando no restaurante; "Venham tomar um aperitivo", as crianças gritaram: "Uhuu!!", felizes por passarem mais alguns instantes juntos, e aí nós conversamos, diante do pôr do sol, nessa paisagem paradisíaca, Primeiro-Marido e eu sempre fomos discretos sobre nossas profissões mas ela, Professora-de-Elite, não fazia nem dois dias que ela estava lá e todo o clube sabia onde ela trabalhava, enfim, no meio da conversa, o Marido da Professora-de-Elite fala de alguém do seu trabalho e consequentemente fala de seu trabalho e, de repente, a Professora-de-Elite pergunta: "E o que você faz, Victoria?" Ao lhe responder, ela começa a gargalhar: "Verdade? Estava convencida de que era professora de academia, veja só..." e na minha cabeça terminei a frase: "como os clichês persistem". Ela não se desculpou por ter gargalhado, dado risadinhas, tirado sarro de mim porque acreditava que eu era professora de academia, o que havia de mal nisso? De repente o aperitivo ficou atravessado na minha garganta, não consegui mais engolir um tomatinho cereja, uma azeitona, um bastãozinho de cenoura.

À noite, quando fomos deitar, Primeiro-Marido não tinha dito nada a respeito, então toquei no assunto fingindo indiferença: "Você viu, que doido, ela pensou que eu fosse professora de academia..." e ele, em tom brincalhão: "É porque você é gostosa, meu amor", e diante dos meus olhos fechados e lábios apertados ele acrescentou, dessa vez com um ar realmente indiferente: "Esquece isso, você ganha cem vezes mais que essa puxa-saco do serviço público, esquece", e nunca mais voltamos a falar do incidente.

O que havia de mal? Ninguém morreu, mas havia uma mulher ferida que nunca mais esqueceu nem dos risinhos da Professora-de-Elite, nem do desprezo do Primeiro-Marido por sua susceptibilidade, que nunca mais deixou seus cabelos cacheados, que nunca mais usou legging fora da academia, que decidiu jogar uma pá de cal no lápis de olho verde-turquesa tão atraente em sua pele e em sua naturalidade – os outros podem, mas eu não, Primeiro-Marido pode andar de shorts e regata o dia inteiro sem ser confundido com um professor de windsurf, mas eu não, tudo bem, adularei minha vaidade, mostrarei minha barriga lisa, minhas nádegas firmes, meu corpo desenhado, trabalhado, violentado, pode-se dizer, na praia.

Menos de um ano depois, nós quatro mudamos para o Brasil para, evidentemente, fazer fortuna e, também, viver uma aventura, descobrir um novo mundo, e, além disso, pelo menos para mim, fugir da velha Europa.

Oprah

França – Brasil – Estados Unidos, o triângulo mágico. Na França, já havia vivido os vinte e poucos primeiros anos de minha vida e estava cheia, então parti para os Estados Unidos da América, sonho de infância, e não me decepcionei, na verdade amei; até hoje é o único país onde me sinto realmente em casa, mesmo que não seja, mas lá isso não é problema pra ninguém, a partir do momento em que você entra no jogo do capitalismo, em que seu projeto de vida é ganhar seu milhão de dólares, ter cada vez mais, subir mais, sempre mais, mais. Meus anos nos Estados Unidos da América tinham sido maravilhosos, eu me sentia livre – sem ingenuidade, claro, eu me sentia livre porque tinha dinheiro e o dinheiro ao menos me permitia comprar esse sentimento, já é muita coisa, eu podia ser rica e andar de legging no Central Park, podia ser rica com um moletom de capuz no Brooklyn, podia ser rica e frequentar shows de hip-hop, só precisava me virar pra mostrar que era rica.

    Uma amiga da universidade, negra – só nos Estados Unidos tive amigas negras – tinha me contado como, por conta de um mal entendido, voltando pra casa após uma festa, um pouco bêbada, um pouco chapada de maconha, foi levada por policiais, ela foi confundida com uma Negra qualquer da ralé e isso me assustou, de repente os Estados Unidos da América perderam a graça, a gente se sente por cima, mas qualquer passo em falso te joga pra baixo, ou quase; foi depois dessa história que Primeiro-Marido e eu, recém-casados à conquista do mundo, pensamos na possibilidade de voltar pra França, pelo menos por uns anos, de todo jeito nossas carreiras se beneficiariam a longo prazo desse vaivém internacional. Nós voltamos, eu com um pouco de frio no estômago por abandonar minha liberdade, mas confiante, na França, eu não tinha conquistado essa liberdade porque não tinha dinheiro suficiente, não tinha aquela situação profissional, aquele casamento – a consagração, eu casada com um aristocrata! Mesmo se esse nome não valesse grande coisa, mas isso pouca gente sabia –; enfim, então voltamos a Paris, jovem casal de vencedores com um bebê, um ano se passou, depois um segundo bebê, três anos se passaram, e nós dois cansamos ao mesmo tempo. Ainda hoje ignoro por que Primeiro-Marido se cansou, ele estava em casa – veja, eu também estava em casa, mas sempre me faziam notar que eu vinha de outro lugar "com essa minha cara", que acabei convencida – enfim, ele estava bem no seu ambiente, esse ambiente que me seduziu, mas é preciso acreditar que cada um se rebela a seu modo, para alguns a rebelião se traduz em uma ambição desmedida, para outros em um casamento incomum, para aborrecer a mamãe, e por uma expatriação, para aborrecer o papai.

Então procuramos um país – escolhemos a América Latina em seu sentido mais amplo, os grandes espaços, a qualidade de vida para as crianças, apesar da violência latente e onipresente – e um trabalho, para ele e para mim. Trabalho encontrado, ganho mais que ele, nada surpreendente, sou mais brilhante, mas somos um casal moderno e ele não liga, pelo menos aparentemente, e chegamos ao Brasil – que coincidência – coincidência mesmo?– ; enfim, uma cobertura em São Paulo, uma cobertura no Rio de Janeiro e a boa vida, imediatamente.

Ah, a classe A brasileira realmente vive melhor que a classe A francesa, me pergunto por que passamos três anos morando no lado chique do Sena, aborrecendo-nos com besteiras, quando há gente que faz isso e nem cobra caro. A classe A brasileira não tem nenhum problema de consciência em ter empregados, o que os franceses cheios de ideais sobre igualdade não ousam; reparei bem nos comentários de nossos amigos franceses, no começo, quando vinham nos visitar – imagina, ter amigos no Brasil, com um apartamentaço como o nosso? No primeiro ano, as visitas não pararam: "Me diga aí: não te incomoda ter sempre alguém em casa?", "Não acha que ter esses empregados é uma forma de neocolonialismo?" E uma esquerdista que conheci na época de meu mestrado na melhor universidade de comércio da França teve até a petulância de nos perguntar se não seria um "neoescravagismo"! Eles podem ter uma diarista quatro horas por semana, uma estudante mal paga por duas horas e quarenta por dia pra pegar as crianças na escola, isso pode, mas empregar alguém quarenta horas por semana é neocolonialismo? Pense em quantas famílias sustentamos, queridinha, a família do motorista, a família do segurança da semana, a família do segurança noturno e do fim de semana, a família da babá, a família da empregada da semana e a família da empregada do fim de semana, sustentamos por baixo seis famílias, isso se chama criar emprego, onde está seu colonialismo? Onde está seu escravagismo?

Ah, ter uma empregada sete dias por semana, que maravilha! Na noite de domingo de nossa primeira semana no Brasil, lembro muito bem, passamos um domingo delicioso, em família, com Honolulu, meu Weimaraner adorado, ainda bebê, e com as crianças, cuidando só delas, despreocupados porque todo o resto estava sendo organizado, Primeiro-Marido e eu até nos perguntamos rindo por que os casais de classe A brasileira ainda se divorciavam, não têm mais brigas pela máquina de lava-louças não esvaziada, pelo cesto de roupa suja transbordando, pela comida por fazer, e aliás, o que vamos comer essa noite? Olha, ela é perfeita, deixou a comida pronta na geladeira! A casa está sempre limpa e arrumada e não apenas às terças e sextas quando a diarista vem; uma casa sempre impecável, uma refeição sempre pronta – claro, foi preciso ensinar meu modo de cozinhar, a cozinha a vapor, os alimentos semi-integrais, os grãos, mas a empregada da semana é esperta, aprendeu rápido; e sim, ela arruma, passa, cozinha e assim sustenta sua família, acho que tem quatro filhos mas não tem marido, e uma netinha cujo pai também sumiu, e também cuida de sobrinhos e sobrinhas, ela trabalha dez horas por dia, quarenta horas por semana, sexta, sábado e domingo vem uma outra, sobrinha dela, exatamente, elas se ajudam e aprendem as receitas *light*, eu reembolso o transporte, pago um seguro-saúde, três vezes o salário mínimo, como é que a outra vem me falar de neoescravagismo, esquerdinha que se meteu na minha casa sem que ao menos fôssemos amigas na universidade?

Então, no começo, Primeiro-Marido e eu não entendíamos como as pessoas se divorciavam nesse país fabuloso, mas depois, mesmo com motorista, segurança, babá, empregada da semana e empregada do fim de semana, mesmo sem preocupações materiais, as hostilidades se instalaram, as raivas, como aquela que senti, na noite em que ele me disse:

– É isso mesmo? Você se acha a Oprah?

* * *

Faz algumas semanas que estamos instalados, a socialização se deu rapidamente, facilmente, com a escola, o clube, o dinheiro, começamos a construir nosso novo círculo de amizades, somos "o casal francês que acabou de chegar", mas não totalmente francês porque "sua mulher Victoria é metade brasileira", "Ahh... é por isso...", então preciso encontrar uma explicação sobre a minha metade brasileira que justifique minha cor, meu português impecável com um leve sotaque que aprendi com uma professora particular em Paris, em quatro meses, quando nosso projeto de partida se concretizou.

Querida professora, como gostei dela, como ela gostou de mim, rapidamente começou a me tratar como uma sobrinha e eu a chamava de Titia, primeira vez na vida em que tinha uma tia, primeira vez na vida em que era sobrinha de alguém. Ela me ensinou tanto, nosso curso de duas horas se prolongou rapidamente até às dez da noite, às vezes até a meia-noite; de repente começamos a jantar juntas, era sempre ela que trazia a comida, a marmita, como ela dizia, em referência à marmita que ela preparava em outros tempos, de manhãzinha, para o seu pai, que passava o dia inteiro ao sol trabalhando no campo, ela me contava sua vida: os bois, os porcos, as galinhas, o algodão, o café, a horta, eles eram autossuficientes, iam à cidade apenas uma vez por mês. Ela sempre fazia especialidades brasileiras, tinha prazer em cozinhar e me ensinar tanto sua língua como os pratos, em ensinar os nomes dos ingredientes em português, eu descobri a mandioca, o milho; ela até se aventurou na cozinha baiana para me agradar, mesmo sendo oposta à sua cultura – ela vinha de uma família enorme, fazendeiros de origem italiana do estado de São Paulo, onze irmãos, ela tinha muita história pra contar; enfim, meu português impecável vem daí, aprendi sozinha estudando as conjugações de verbo e listas de vocabulário e também, a dois, graças a uma ternura, uma afeição que ninguém jamais havia me mostrado antes, a não ser Mamãe, mas Mamãe era uma geladeira perto da Titia-Professora.

Querida, querida professora, foi graças a ela que amei apaixonadamente o Brasil antes mesmo de ter pisado os pés nele...

Nessa noite, então, a primeira noite de nossa vida de socialites, uma morena escultural nos aborda calorosamente:

– Vocês são os franceses?
– Obrigada por nos convidar... Que casa magnífica!... Sim, estamos bem instalados... Sim, adoraaaamos o Brasil, claro, como não se apaixonar por esse país?
– Que bom, que bom... Mas me conte tudo, Victoria. Me disseram que é brasileira? De que região?
Na França, eu havia contado minha história à Titia-Professora com uma sinceridade inédita, seria o começo de uma nova vida no Brasil, mais sincera? E naquela noite, então, a primeira de nossa vida de socialites, enquanto eu resplandecia – algumas horas antes, pensando no que vestir, procurando a quintessência do chique francês, optei por um smoking feminino, usado com um top branco de alças por baixo, pois só as modelos e atrizes podem usar um smoking sem sutiã, mas eu devo pensar na imagem que quero passar, sou uma profissional, não uma estrela, ainda que meu corpo possa dizer o contrário; enfim, naquela noite, usando um smoking preto dessa marca francesa mítica acrônima, os cabelos soltos para aumentar a feminilidade, os olhos destacados por uma sombra discreta, as mãos embelezadas por um esmalte vermelho vivo *I am what I am*, decidi assumir minha filiação estropiada:
– Na verdade, meu pai é brasileiro e minha mãe, francesa. Mas meu pai... Perdemos contato com ele... Fui criada na França, apenas na França, e nunca tive contato com o Brasil até hoje. É por isso que ainda falo um português hesitante...
Não entrei em detalhes, não me coloquei no papel de vítima, apenas assumi em público que não tinha pai, e esse aristocrata decadente, mal havia entrado em nosso 4×4 para voltarmos pra casa – ele não ia fazer um escândalo em público! – me fala:
– É isso mesmo? Você se acha a Oprah?

* * *

Desgraçado, esse desgraçado me comparou à Oprah, mas sei que na sua cabeça não é à mulher guerreira e bem-sucedida com uma fortuna colossal que ele jamais terá, não, ele me comparou à mulher que nunca se livrará dessa mancha indelével de nascença causada pela pobreza e por uma família geracionalmente desestruturada. Ser o marido de uma Negra, tudo bem, Negra e Oprah, é muita humilhação pra esse filhinho de papai rebelde, que se casou comigo pra aborrecer seus pais – olha que conheço uma que fez a mesma coisa quarenta anos antes – mas ele, Primeiro-Marido, encontrou a esposa perfeita: a cor exterior para irritar papai-mamãe, mas no interior, a mesma cor que ele, a mesma educação que ele – enfim, a mesma educação é maneira de dizer, porque tem muita gente folgada na alta roda, tenho muito mais cultura que esse grosseirão.

Enfim, quando falei com falsa modéstia de meu português ainda hesitante, minha interlocutora respondeu:

– Você está brincando, Victoria? Seu português é impecável, eu adoraria falar francês tão bem – e seu sotaque, que chaaaarme!

– Obrigada...

– Querida, você é nova, vou te contar um segredinho. Aqui no Brasil somos bem flexíveis sobre uma série de coisas. Em certos assuntos somos diretos, você descobrirá aos poucos, mas se existe um tipo de gente que suscita a admiração e respeito de todos são os batalhadores. Sua mãe claramente é um deles por ter criado você sem marido, e você também é, filha sem pai, que conseguiu chegar onde está hoje. Aqui é o país dos batalhadores. O povo até elegeu um à presidência, arrependeu-se depois, mas era um herói, um guerreiro, um batalhador. Você vai gostar do Brasil, querida.

Ela, neta de libaneses que chegaram nos anos 1930, dentista de celebridade, casada com um músico renomado, superficial mas franca, e com uma alegria de viver contagiosa, gostei dela de cara. E do Brasil também.

Anacaona

É claro que Primeiro-Marido e eu terminamos; depois de algumas hesitações ele decidiu ficar no Brasil, é verdade que o pressionei, "Se você voltar pra França e deixar seus filhos aqui, sem pai, eu te mato", não queria reproduzir as maldições familiares, então ele arrumou uma francesa durante suas férias na chiquérrima costa Atlântica francesa e a trouxe pra cá, ela se adaptou bem; confesso que ela é gentil, confio nela, sei que ela é afetuosa com as crianças, isso é importante; e fico com as crianças uma semana sim, outra não.

Hoje é dia 20 de novembro, dia da Consciência Negra, um feriado decretado pelo batalhador Lula em 2003, para honrar a memória do povo negro e sua contribuição para a história do país, o tipo de manifestação de que desconfio a priori, sempre escuto alguém dizer: "E por que não tem um dia da Consciência Branca?" e invariavelmente enfio a cara no que estiver na minha frente – computador, coquetel, petit four, telefone. Eu também não gosto desse mês da cultura negra, desse dia da Consciência Negra, preferiria um mês das minorias, um dia da diversidade, no qual o país falaria de todas as suas minorias injustamente esquecidas, certamente os Negros estariam bem representados – até mesmo no primeiro lugar do pódio, eu poderia acrescentar cinicamente; mas como odeio essa posição do Negro como eterna vítima, constantemente oprimido pelo homem branco! Eu me lembro da vergonha que senti, sim, da vergonha, em julho passado, quando vi no Facebook, através de meu perfil falso Jessika da Silva 123, esse mesmo perfil associado a um e-mail falso que me permite dar uma stalkeada sem riscos para minha carreira profissional; enfim, a vergonha quando vi esse retrato de uma Negra do século XVIII ou XIX, com um lenço na cabeça, sua pobreza transpirando por todos os pixels da imagem, e havia a frase: "25 de julho, Dia Internacional da Mulher Negra" e eu pensei, não é possível, sou mulher e sou negra, mas essa pobre infeliz não sou eu! Não sou eu de jeito nenhum! Olhei a imagem rapidamente, minha primeira reação foi pensar que ela me daria azar com essa miséria geracionalmente incrustada em seus olhos, depois voltei pra ela, olhei melhor, analisei mesmo, longamente, e tive vergonha dela, quis que ela desaparecesse, estava pronta pra contratar um geek qualquer pra fazer com que essa imagem sumisse da memória da internet, de medo que meus colaboradores, meus filhos, meus amigos se deparassem com ela e me associassem a essa, como dizer, pobre coitada.

Enfim, naquele 20 de novembro vou fazer minha caminhada atlética com Honolulu no Parque Ibirapuera, seus pelos curtos e grisalhos brilham ao sol matinal, é feriado e há muita gente, corredores, skatistas, patinadores, jogadores de basquete, passeadores de cachorro, famílias e muitas babás; todos meus conhecidos me desaconselharam a passear sozinha no parque. Mesmo de dia? "Sim, mesmo de dia, não estamos protegidos em nenhum lugar de São Paulo, você sabe! Conheço uma pessoa que foi assaltada em pleno dia lá, ninguém viu nem falou nada." Mas pouco importa, eu adoro. É cedo, o dia ainda está fresco, as folhas das árvores ainda estão úmidas, estou com meus óculos de sol e meus fones de ouvido, ontem a manicure mudou a cor de meu esmalte e colocou um rosa Mountbatten *I Believe in Miracles*, me sinto invisível e observo toda essa gente ao meu redor caminhando, rápido, muito rápido, pra transpirar, queimar as calorias; uma volta completa; no meio da segunda volta nesse grande parque, paro na frente do museu do Ibirapuera, o museu afro-brasileiro que amo secretamente, os grandes painéis no exterior, as coleções permanentes e exposições temporárias no interior, o afro-brasilianismo visto amplamente, isso me agrada, a entrada é gratuita, podemos simplesmente passar por ali e entrar, dez minutos rápidos ou uma hora, de acordo com sua vontade, além disso, o segurança é tolerante com cachorros, Lulu deu a pata no primeiro dia, ele começou a rir, vi o tártaro em todos os seus dentes, ele disse "Tá bom, Dona, pode entrar, vou fechar os olhos dessa vez", e agora ele os fecha sempre, até disse ao seu colega que é um cão-guia para cegos e como tenho meus imponentes óculos escuros, o outro acredita.

Enfim, naquele dia, vejo uma multidão, sempre há espetáculos, de teatro, música, pergunto ao segurança o que é, ele me diz que é uma contadora, uma contadora de histórias vinda do Haiti, que se apresenta apenas hoje, um espetáculo para crianças mais velhas e adultos, "diretamente do folclore haitiano", expressão bizarra na boca desse vigia, "Pode entrar, é gratuito", não sei por que entro com minha roupa de ginástica, com um top rosa choque, minha garrafinha de água – provavelmente não estava com vontade de ir direto pra casa.

A contadora é haitiana, negra como ébano, de um negro raro no Brasil, que quase não vemos, há muitas misturas nessa terra; sua idade é indefinida, poderia ser uma mulher de 30 anos marcada pela vida ou uma mulher de 50, ela usa uma trança elegantemente enrolada como uma coroa, um vestido simples, um não-sei-o-quê impressionante.

A haitiana nos espera, sentada em posição de lótus sobre uma almofada no centro da cena, as mãos sobre o joelho, observando cada um de nós se sentar – seus dentes brancos brilham em contraste com a pele, ela tem um belo sorriso, franco e generoso – desejando boas-vindas com o olhar. Todo mundo se instala sobre as grandes almofadas espalhadas pelo espaço, é só nesse instante que reparo no músico que a acompanha, rodeado de instrumentos, mas olho pra ele de relance, volto a ela, que emana qualquer coisa de cativante, tenho a impressão de que ela me observou mais longamente, com mais insistência, sim, pra mim, ela me lançou um olhar que me desnudou por inteira, é claro que ela me viu nesse público majoritariamente branco, ela deve ter pensado: "Olha, uma Negra!", Primeiro-Marido dizia que eu era paranoica, que ninguém o via nem pensava nada; não, ela é bem mais observadora que os reles mortais, é claro que desvendou minha mestiçagem.

– Yé Krik?

Silêncio na sala. A contadora então explica:

– Na minha casa, no Haiti... as histórias são contadas à noite, durante a vigília. No começo ou no meio da história, os contadores dizem "Yé Krik?", ou "Yé mistikrik?" e a plateia responde "Yé krak!" ou "Yé mistikrak!" para mostrar que está presente, que não está dormindo, entenderam?... Yé krik?

As crianças olham para seus pais, os adultos sorriem, divertindo-se.

– Yé krak!

* * *

Bem-vindos ao *Ayti*, a terra das altas montanhas! Minha ilha é embalada pelos ventos alísios e rodeada por um mar cheio de peixes, nossas montanhas são atravessadas por cachoeiras de água fresca e nossas planícies cobertas por uma vegetação exuberante. A natureza nos presenteou e nada nos falta. Os índios Taínos amam a poesia, a dança, os cantos. A vida é doce no Ayti... A vida é doce para a princesa Anacaona...

(*O músico começa a acompanhar a contadora com o violão*)
No dia 6 de dezembro de 1492, a estação das chuvas termina... O sol nasce e dissipa a bruma matinal. Os homens de Guakanagarik, um dos caciques do norte da ilha, veem ao longe, sobre o mar turquesa, três estranhas canoas com grandes velas brancas. Os barcos se aproximam, trazendo a bordo homens barbudos, vestidos apesar do calor. Os Taínos chamam-nos imediatamente de *guamikenas*, que quer dizer "aqueles vestidos por inteiro".
Este dia, um grande dia para o reino da rainha Isabel da Espanha, é um dia fatal para todos os Taínos e indígenas do Caribe. Este dia, primeiro dia de nossa convivência com os *guamikenas*, é o primeiro dia de nosso declínio. No entanto tudo tinha começado bem...
– Yé Krik?
– Yé Krak!
(*O homem continua a tocar violão e sussurra um canto ao mesmo tempo*).

Guakanagarik, que usa um cocar feito com as mais belas penas das aves, recebe os estrangeiros com cordialidade e concede ao chefe todas as honrarias devidas. Ele lhes dá de beber e de comer. As primeiras relações são amigáveis e pacíficas, ainda que a comunicação seja impossível. Há um intérprete, vindo da Espanha com as caravelas – mas que língua deve falar, talvez chinês, já que pensavam chegar no continente asiático? Contudo, através de grandes gestos e mímicas, a comunicação se instala aos poucos.

Cristóvão Colombo e seus vinte marinheiros passeiam à vontade pelo reino de Guakanagarik. Eles estão embevecidos pela beleza dessa ilha que nomeiam de Pérola das Antilhas, maravilham-se com sua riqueza, observam cuidadosamente tudo o que descobrem: tabaco que aprendem a fumar nos cachimbos, milho, mandioca cozida e fermentada, e sobretudo, noz-moscada, pimenta, canela, gengibre, cravo da Índia! Todas as especiarias procuradas pelos europeus...

A novidade sobre a chegada dos *guamikenas* espalha-se rapidamente pelos cinco reinos do Ayti. Todos os Taínos que se aproximam dos espanhóis ficam fascinados por eles, por seus avanços técnicos, seus conhecimentos de navegação, suas armas, seu domínio do metal. Eles se perguntam se esses homens vestidos não seriam deuses enviados para a Terra... Um dia, Cristóvão Colombo vê uma jovem passear, com os seios nus, conforme os costumes dos Taínos. Ela tem uma joia de ouro no nariz... Um pouco mais tarde, em uma festa oferecida por Guakanagarik, Colombo vê os nobres da corte usando cinturões de ouro... Ele aponta esses objetos. "Ouro, onde está o ouro?" "*Caona*?", "Sim, *caona, caona*!" Os Taínos indicam as regiões onde está o ouro, nas montanhas, nas planícies, nos rios, muito ouro, "Muito? Como assim, muito?" "Muito!", há até mesmo uma ilha de ouro, mais ao longe, mais ao sul...

Enquanto Colombo apenas passou por outras ilhas, ele fica quase um mês no Ayti. Ele se prepara para voltar, feliz com as notícias que dará à Rainha: uma nova terra descoberta, povos nus e pacíficos, um paraíso sobre a Terra, e ouro, "ouro pra dar e vender, Vossa Majestade!"

Ele carrega seu barco com provisões, amostras de plantas, cinturões de ouro, penas de aves, animais empalhados e também alguns índios.

Ele se afasta do Ayti, a terra das altas montanhas, quase a ponto de se arrepender. Ele conquistará o interior da ilha – soube de um reino próspero mais ao sul, populoso, de planícies cultivadas, dirigido por um homem e sua irmã de beleza encantadora, Flor de ouro. *Ana Caona*. Dizem que a princesa Anacaona subjuga seu público pela beleza, a graça de suas danças, a poesia de seus versos.

Anacaona não conheceu os *guamikenas*. Do alto das colinas que margeiam a ilha, ela observou a construção de seu

forte silenciosamente. E nessa manhãzinha de janeiro de 1493, ela vê as grandes canoas com imensas velas brancas marcadas por uma cruz distanciarem-se nas ondas. Colombo voltará em menos de um ano. Se o paraíso na Terra existe, meu Deus, deve ser aqui...
(*A contadora cala-se por alguns segundos*).
– Yé mistikrik?
– Yé mistikrak! o auditório responde rapidamente.

* * *

Eu me desliguei, ou melhor, me deixei levar pela voz um pouco arrastada desse homem que começou a cantar em crioulo, pelo seu violão, pela triste história dessa conquista, pela eletricidade dessa mulher, uma sensação hipnotizante, eu não ouvia mais nada, estava em outro lugar, pensando nessas centenas de milhares de Taínos mortos em poucos anos, nesses Taínos sobreviventes que não eram mais que sombras deles mesmos...

Imagino Anacaona no dia em que ela finalmente conheceu os Homens vestidos, o que ela sentiu, desconfiança, admiração? Ela foi apresentada a Cristóvão Colombo durante sua segunda visita; eu a imagino em seguida, após a morte violenta de seu irmão e depois de seu marido, entrincheirada em seus morros, liderando um dos últimos bastiões de resistência, tentando vencer esses barbudos armados até os dentes, depois, sem dúvida já cansada, vendo chegar as trinta caravelas, os dois mil e quinhentos colonos e os quatrocentos soldados do novo governante Ovando, que veio substituir o depravado Bartolomeu Colombo e começar o processo de colonização.

Será que Anacaona acreditou na paz pela última vez? Sinto violentamente todas suas sensações; sua desolação diante das epidemias que dizimam seu povo, sua dor diante da brutalidade da escravidão, seu ódio diante das repetidas traições dos espanhóis, sua aflição diante do caos que se instala na ilha por causa desse ouro – esse ouro que os fez perder a cabeça! – seu orgulho humilhado diante da proposta odiosa de Ovando – que ela se tornasse sua concubina para salvar sua vida.

Anacaona cospe na cara dele.

– Ser aviltada por suas carícias? Prefiro morrer!

Ela morrerá enforcada em 1504.

* * *

Uma mulher, nativa, chefe de guerra, resistente. Esses quatro termos, colocados lado a lado, aquecem o coração, sinto uma alegria febril. Como é possível que eu nunca tenha ouvido falar dela? Por que ela não está nos livros de História ao lado de Cristóvão Colombo? Por que essa invisibilidade na História oficial? De repente, percebo que os países e as cores à margem só têm direito a heróis à margem, claro, é lógico; mas procurando bem deve haver outros, outros heróis de países e de cores à margem na História tão monocromática que sabiamente aprendi!

Sempre procurei heroínas com quem pudesse me identificar, inconscientemente e depois, com a idade, um pouco mais conscientemente, assim descobri Sojourner, Rosa, Shirley, Mellody, Oprah. Ah! Sempre os Estados Unidos da América, eles permitem que algumas apareçam em suas elites intelectuais, é difícil mas possível, um dia irei pra lá, havia prometido a mim mesma; mas e na França? Na França, não venham me dizer que um jogador de tênis pode ser o herói das meninas ambiciosas e inteligentes da classe!

Anacaona. A cidadã de cor que sou encontrou sua Joana D'Arc. Virgem das patas sujas do Front National[1].

---

1 Partido político francês de extrema-direita que fez de Joana D'Arc um de seus símbolos.

Colarzinho-de-Pérolas

Há um salão literário nesse fim de semana, decido ir com as crianças, leituras, bate-papos, há editoras francesas porque a França é homenageada esse ano. Meus filhos adoram esses eventos, eu folheio um livro dois minutos, me viro e eles estão sentados no chão, mergulhados num livro ou numa história em quadrinhos; sempre voltamos pra casa carregados de provisões para vários meses; enfim, já na entrada, o mais velho toma seu próprio caminho, ele tem seu relógio cronômetro no pulso, "Encontro às 16 horas, escolha os livros que quer e depois a gente volta pra comprar", ele sai correndo, como se eu lhe tivesse prometido a lua.

Eu seguro a mão do segundo, é provavelmente o último ano, no entanto é tão bom, uma mãozinha quente na sua, é o amor mudo, eu o amo, amo meus filhos, mas não demonstro o suficiente, estou mais preocupada em domá-los, explicar...

Enfim, perambulamos pelos corredores, há muitas escolhas, cores, formatos, temas, *Planeta em perigo, Alerta à biodiversidade, Salvemos os ursos polares!* – os indígenas do Polo Norte também precisariam de salvação, mas eles são claramente menos fotogênicos que os fofinhos ursinhos no gelo –, a esquizofrenia ecológica começa cedo, as crianças aprendem desde cedo que destroem o planeta, que contribuem para o desaparecimento da biodiversidade, que não

verão mais ursos polares quando forem pais, e tudo isso porque viajam de avião, comem carne, têm aquecimento (na Europa) ou ar-condicionado (no Brasil) em suas casas; sim, crianças, morram de remorso! Porque vocês são responsáveis pela catástrofe que se anuncia.
Chegamos a um estande, eu paro: nossa, Aimé Césaire? Um livro sobre Césaire para as crianças, o poeta da negritude, que li adolescente sem entender, detestando mesmo, mas meu professor de francês o tinha indicado como leitura obrigatória, aliás, uma das raras leituras obrigatórias que detestei, tinha esquecido dele até agora, mas rever seu nome me deu um clique, Césaire, preciso reler, sobretudo depois de minha experiência no dia da Consciência Negra, sim, essa experiência surpreendente, mística, eu até diria.

* * *

Voltando do parque Ibirapuera, no fim de semana anterior, eu estava abalada, febril, com um aperto no coração que precisava por pra fora, era físico, tinha uma coisa bloqueada na traqueia, que em seguida subiu para a laringe, uma coisa, uma coisa que não sabia o que era, eu me sentia mal, fora do normal, por fim me subiu à cabeça e ali, foi liberado, tudo explodiu, imagens, ideias; aí pensei naquela frase, pronunciada por meu antigo presidente:
"O homem africano ainda não entrou o suficiente na História", ah, é mesmo?
Segundo-Marido me escutava, ele é brasileiro, é mais aberto a essas questões, eu tinha falado de Anacaona com emoção, quase chegava às lágrimas contando a história dessa guerreira, ele declarou não estar surpreso, claro que a resistência existiu, mas é aí que está a força do dominador sobre o dominado: manipular, humilhar, violentar – isso é só a primeira etapa, *ma chérie*. A segunda etapa, talvez a mais

importante, me disse Segundo-Marido com cinismo, é negar a existência do dominado – ou ainda... ele continuava:

– Não é negar sua existência, mas sua grandeza humana, para que a História os esqueça, porque a História não gosta dos fracos, a História só gosta dos fortes. Bem que eu sabia que você nasceu pra viver no Brasil, querida, porque no Brasil o Movimento Negro está em pleno desenvolvimento, velhos arquivos e histórias são desenterrados aqui e acolá, heróis são ressuscitados em todo canto – o mais conhecido é Zumbi, você conhece, né? Quando eu era pequeno, ninguém o conhecia, ninguém falava em Zumbi, não estavam nem aí, pra dizer a verdade, e hoje esse escravo desobediente se tornou um herói nacional! E há outros, Luiza Mahin, Chica da Silva – você conhece Chica da Silva, né? Eu acho muito bom, muito bom, apoio esses movimentos de afirmação da identidade Negra, você sabe, eles foram excluídos demais e agora vemos o resultado. Sim... Estou convencido de que um Negro que se valoriza, que tem uma imagem positiva de si mesmo, de sua comunidade, de sua raça, é muito menos perigoso que um Negro que se despreza – este é uma bomba ambulante, não tem nada a perder... Olha, pra ser totalmente honesto com você, acho que precisamos dar a eles uma parte do bolo, pra nossa própria sobrevivência, entende? E o bolo do Brasil é bem grande... Tem o suficiente pra todo mundo comer, e não é porque dou a eles uma parte do bolo que a minha será menor. Olha, ao mesmo tempo em que te falo isso, penso que há um problema, se dou a eles uma parte do bolo e não quero mexer na minha... a única solução é aumentar o tamanho do bolo, hahaha!

Não dormi essa noite, fiquei navegando horas e horas na internet, clico, Anacaona, clico em outro lugar, a mulata Solitude, em outro, Mary-Prince, e tem mais, Rainha Nanny, Njinga, e fico a noite inteira assim.

Enfim, a editora do livro sobre Césaire, uma boa vendedora, fala comigo, ela tem as gengivas excessivamente rosas, no limite da gengivite; enfim, conversamos, ela é meio burguesinha com seu colar de pérolas, mas simpática, tem títulos originais sobre personalidades do mundo inteiro, livros com design atraente, observo-os, folheio-os e pergunto:
– A senhora não tem nenhuma personalidade brasileira?
– Não, infelizmente não...
– Se eu fosse suscetível, estaria aborrecida, senhora!

Eu sorrio pra não interromper a conversa, mas estou muito séria, é como se o Brasil não existisse na cena internacional, sétima potência econômica do mundo, sem nenhum prêmio Nobel, nenhuma menção nos livros de História. Que estrangeiro sabe que o Brasil teve um imperador? Na escola francesa estudamos, ao menos por cima, literatura inglesa, italiana, alemã, russa; Brasil, nada; me diga o nome de um autor brasileiro? Sempre faço essa pergunta aos franceses e eles fazem biquinho, inflam as bochechas, "Pff, agora você me pegou!", rindo, e o mais vergonhoso desse riso é o tom "não sei e isso é mesmo importante"?

– E a senhora não tem vontade de publicar um livro sobre um herói brasileiro?
– Eu gostaria muito, mas nunca me propuseram isso.

E eu, na cara de pau, com um sorriso charmoso, mas inteligente:
– Posso tentar, se quiser.

Ela me olhou rapidamente, é nessas horas que gosto de estar sempre elegante, mesmo que no fim de semana opte por uma elegância descontraída; e quando ela me olhou, viu uma bela mulher bem cuidada, com um jeans justinho e um fino cashmere bege-claro, o doutorado estampado na cara, e respondeu:
– Ainda ficarei alguns dias no Brasil. Quer tomar um café? Poderíamos conversar.

Comprei ao menos dez livros dela, entre os quais o do Césaire, saquei meu Visa Infinite, será que ela percebe a diferença entre o Infinite e os outros? Então, pra bater o martelo – uma editora, uma primeira editora, tenho que impressionar, né? – no momento de trocarmos telefones, saquei minha Montblanc. "Tome. Com ela você se sentirá superior a todos". Foi o que meu sogro, o pai do Segundo-Marido, me disse, quando meu deu esse presente, no primeiro Natal com nossa nova família, Segundo-Marido e eu tínhamos acabado de ficar noivos, e ele me disse isso com muita seriedade, o Mont Blanc é o mais alto cume da Europa, essa caneta era o prelúdio de uma grande carreira, no cume do Brasil, meu sogro estava convencido.

Da ponta da minha Montblanc, que acho ridícula nos tempos de smartphones, mas já que até os pobres têm celulares como o meu, com a mesma marca da maçã, é preciso fazer alguma diferença, escrevi meu número pessoal atrás de meu cartão e entreguei, com a ponta de meus dedos, unhas esmaltadas com um vivo rosa fúcsia *We Women at War*, à Editora Colarzinho-de-Pérolas.

Escritora, é isso, sou escritora.

* * *

Nós nos encontramos, Colarzinho-de-Pérolas está hospedada nesse bairro que detesto, o consulado da França exagera, alojar seus convidados nesse bairro barulhento vulgar e ultrapassado, eu proponho um passeio, descobrir um pouco a cidade antes de tomar o café, ela fica encantada, venho buscá-la de carro, é fim de semana, Dentuço está de folga – quando contei ao Segundo-Marido o apelido que dei ao nosso motorista ele começou a gargalhar e me beijou ruidosamente na boca dizendo que me adorava –, e no meu carro blindado, perfeitamente climatizado, São Paulo de repente transforma-se numa cidade maravilhosa, sim, São Paulo é uma cidade maravilhosa, surpreendente, o trânsito não está muito caótico, mostro alguns locais secretos, ela fica surpresa, não imaginava São Paulo assim, tão diversa, tão verde, tão conectada mesmo; paramos num café, bem *Brooklyn Delicatessen*, ela nem acredita, esse tipo de café, aqui em São Paulo? Eu sorrio, sinto um pequeno prazer em desconstruir os clichês dos estrangeiros sobre São Paulo, eles pensam que é uma cidade cinza sem nada interessante; não, essa megalópole tem uma energia formidável, criatividade, visão de futuro, mas é verdade que ela esconde sua beleza, não se entrega de cara, ao contrário do Rio de Janeiro. O Rio é como um mulherão, um símbolo sexual, você a vê e baba de inveja, bunda e seios de cair o queixo, mas ela se entrega de cara, então perde seu valor, enquanto que São Paulo tem a bunda e os seios diferentes, mas tão bonitos quanto os de sua rival, exceto que ela só os mostra para alguns, o resto do tempo ela os esconde, pudicamente; dito de outra forma, você passará bons momentos com Rio de Janeiro, um dia, uma semana, algumas férias; mas São Paulo será a mulher de sua vida.

  Colarzinho-de-Pérolas não é tão burguesinha assim, estou até surpresa com sua mente aberta; o Brasil sinceramente a interessa mas ela não sabe nada a respeito, confessa incomodada. Ela pergunta se tenho alguma ideia em mente de personalidades interessantes para nosso futuro livro, penso imediatamente na "minha dentista", com certeza ela tem uma gengivite, claramente ligada a um excesso de placa dentária visível de onde sento; e ela acrescenta imediatamente: "Gostaria muito que fosse uma mulher". Ah, droga, não tinha previsto isso, tinha feito minhas pesquisas, pensado em uma personalidade em particular, uma escolha muito pessoal, muito íntima. O Nordeste é minha

paixão inconfessa, inexplicável, irracional, a violência da natureza, a violência das relações sociais, lá tudo é extremo, isso mexe comigo, então compartilhei minha ideia com ela, tinha pensado em Lampião, o célebre cangaceiro, cruel, mas também generoso, um homem ambivalente, ele e sua mulher formaram um casal mítico nos anos 30, uma espécie de Bonnie e Clyde, um amor na vida e na morte, nunca entendi por que não fizeram mais filmes sobre eles, violência e amor, a receita hollywoodiana milagrosa, mas sinto Colarzinho-de-Pérolas reticente, um bandido assassino de policiais como modelo para as crianças? Ela retoma sua ideia, "E as mulheres?", o problema é que as mulheres estão quase ausentes da História brasileira, ao menos da História oficial, penso em voz alta, proponho alguns nomes, algumas artistas femininas, mas ela não está inteiramente convencida, e eu também não.
– Por que não Chica da Silva?
– Quem é?
Abençoei secretamente Segundo-Marido, explico com segurança à minha interlocutora o pouco que conheço, uma escrava do início da colonização portuguesa, concubina vivendo abertamente com seu senhor, que a alforriou, permitindo que ela usufruísse dos mesmos privilégios que as mulheres brancas da alta classe da época, e que acabou riquíssima; enfim, a primeira Negra a fazer parte da elite brasileira. A história aguça a curiosidade de Colarzinho-de-Pérolas, lhe agrada e também me agrada falar desses temas, a escravidão, uma mulher que conseguiu quebrar barreiras; ela me dá alguns conselhos de escrita, o número de páginas, indicações, a importância da solidez histórica.
– E o prazo?
– Você tem tempo... De todo modo, assim que puder, me envie as primeiras páginas, te direi se está bom. Nós vamos assinar o contrato e programar a data de publicação depois.

"Se está bom"? Dê uma olhada nesse esmalte, *ma chérie*: *We Women at War*, eu nunca falhei, sempre entreguei minhas tarefas, minhas teses, meus projetos profissionais em tempo e com honras, esse será igual, e será até rápido, não gosto de arrastar as coisas, vou começar o trabalho logo, meu primeiro livro, meu primeiro romance será sobre a Rainha das Américas – uma mulher negra, uma mulher bela, uma mulher rica, como eu.

Chica da Silva

Filha de um português e de uma escrava negra, Chica nasce em 1732 e herda de sua mãe a condição de escrava. A linda mulata passa pelas mãos de muitos senhores antes de ser vendida, aos vinte e um anos, a João Fernandes de Oliveira, riquíssimo proprietário de minas de diamantes e governante das minas de Minas Gerais. Amor à primeira-vista. Menos de um ano mais tarde, em 1754, ele a alforria.

Chica e João Fernandes nunca se casaram, mas sua relação durou quinze anos. Eles moravam oficialmente juntos. As relações sexuais eram frequentes entre senhores e escravas, sobretudo entre homens brancos e escravas negras, mas a relação de Chica e João se distingue de outras da época porque era pública, apaixonada e duradoura, além de envolver um dos homens mais ricos da região mais rica do Brasil. Eles tiveram treze filhos, todos reconhecidos e usando o sobrenome do pai, o que é um fato excepcional.

Ainda que apenas concubina, Chica desfrutou do prestígio vindo da riqueza de seu amante: mulher mais rica da região, uma das mais poderosas do Brasil e das Américas, ela usufruiu das vantagens das mulheres brancas fazendo parte da elite local. Logicamente possuía escravos para os trabalhos domésticos de sua casa – e não há notícias em nenhum lugar de que ela os tenha alforriado.

Seu amante até mesmo construiu para ela a Igreja do Carmo, na cidade em que viviam, Diamantina. Na época, uma lei proibia que os escravos, mesmo alforriados, ultrapassassem o campanário e entrassem nas igrejas – uma forma de fazê-los assistir a missa do lado de fora. Então Chica exigiu a construção de uma igreja que tivesse o campanário no fundo e não na entrada, como é de costume: a favorita pôde assim assistir a missa dentro da lei...

Mas João Fernandes de Oliveira ficou muito rico, a coroa portuguesa desconfiava desses homens que enviava e que sucumbiam à tentação da corrupção, o pote de ouro era muito sedutor, e a metrópole muito distante para que mandassem todos os impostos devidos. Ele voltou a Portugal em 1770 com seus filhos homens, oficialmente para regularizar questões de herança. Nunca mais voltou ao Brasil. Mas deixou propriedades à Chica da Silva permitindo que ela vivesse muito bem sozinha e educasse suas filhas.

Todos os filhos mulatos de Chica da Silva estudaram e foram criados dentro da sociedade – seus filhos ocuparão postos importantes e receberão títulos de nobreza do Império português, e suas filhas farão bons casamentos. Mas, para isso, com frequência terão que esconder sua cor.

Chica foi enterrada em 1796 no cemitério da Igreja São Francisco de Assis – uma igreja de brancos ricos, o que mostra seu privilégio, mesmo muito tempo após a partida de seu protetor.

* * *

Que chatice, que chatice, que chatice.

Puta, prostituta, não gosto dela, não consigo, não gosto dessa mulher, não quero escrever sobre ela, uma Negra bem-sucedida porque transou com alguém e o cara ficou louco por ela? A primeira Negra que percebeu que pra fazer sucesso era preciso transar com um branco? A primeira Negra a se casar com o cara mais rico da colônia? É esse o mito? Que exemplo! pensa aquela que tem um cume europeu dentro da bolsa em edição ultralimitada; mas assumo minha contradição; que exemplo, esse não tem sentido, ou talvez tenha, tenha até muito, mas é vazio de ideal e procuro um ideal, ao menos pra fingir, para meu primeiro livro.

Sem um ideal, a vida fica muito, como dizer, cínica.

* * *

Abandonei meu primeiro romance.

* * *

Colarzinho-de-Pérolas acaba de me escrever, perguntando de meus progressos, está entusiasmada com o projeto, falou dele pra muita gente, livrarias, jornalistas, que parecem interessados nessa história da Negra alforriada, droga, droga, abro meu documento Word, não tem nem uma página, releio, está péssimo, não posso enviar isso, fico estressada, ela confiou em mim e vou decepcioná-la, será que sou a única mulher negra em quem ela confiou? Procuro o site da sua editora na internet, olho os autores de seus livros, pesquiso seus nomes naquele site de buscas que monopoliza a internet, só brancos, só brancas, pois é, sou a única Negra a quem ela pediu para escrever um livro, ou ao menos a única franco-brasileira e vou decepcioná-la, como diria de Gaulle, "O Brasil não é um país sério" – e o pior, todo mundo sabe que esse velho reaça nunca disse essa frase, mas ficou para a posteridade, o que é muito sintomático; enfim, não se pode contar com os Negros, não é?

Não foi por falta de tentativa, eu trabalhei, mergulhei nas pesquisas, e tive a infelicidade de ver esse filme, *Chica da*

Silva, um velho filme dos anos 70, de extremo mau gosto; e vi alguns episódios da telenovela produzida no fim dos anos 90, eleita uma das dez melhores telenovelas brasileiras de todos os tempos, e também achei um horror; sem dúvida foi a primeira vez na história da televisão brasileira em que uma Negra foi a personagem principal de uma novela, os jornais da época a louvaram, era a prova de que o Brasil avançava nessas questões, mas pra mim, isso me fez vomitar de desgosto, sem dúvida, uma Negra heroína de uma telenovela, mas em que papel? O papel de uma escrava, veja que avanço para a condição da mulher negra!

A grande heroína negra do Brasil – a única? – surge como uma mulher orgiástica, sexualmente devassa, perversa e libertina, uma caprichosa com mania de grandeza. No entanto, nas minhas navegadas pela rede, descobri pesquisas acadêmicas mais sérias que mostram outro retrato, o de uma mulher respeitável e burguesa, nada devassa, que na verdade adotou totalmente os códigos morais e sociais da época e os valores da elite.

Paranoica, eu sou paranoica, mas continuo a me perguntar, de onde veio o mito?

De sua riqueza.

Ninguém se importa em saber como ela conseguiu, ninguém se importa que ela tenha sido negra ou branca, ela se tornou uma das mulheres mais ricas das Américas, e isso é o que importa – o mito está aí, a base da sociedade brasileira está aí: ganhar dinheiro.

Chica da Silva não é o sonho da libertação do Negro, é o sonho da riqueza, em uma sociedade na qual a pobreza é um defeito e onde o objetivo é extirpá-la e mostrar que se conseguiu. Chica é a primeira de uma longa série de brasileiras brancas, negras ou amarelas, cuja ambição de vida era casar bem e que casaram bem – elas são as heroínas de hoje, as colunas sociais estão cheias de fotos de ex-Misses casadas com empresários, homens influentes, e até mesmo presidentes.

* * *

A vida de Chica da Silva é sintomática, tudo se mistura, desigualdades sociais, gênero, raça e sexo; o exemplo perfeito da interseccionalidade como diria aquela professora rasta – só nos Estados Unidos as professoras universitárias podem ser rasta. A utilidade sexual da ascensão social, a ascensão social pelo branqueamento.

Isso me lembra aquele quadro do Museu de Belas Artes do Rio, um imenso quadro com dois metros de altura, pode-se facilmente passar por ele, parar por alguns instantes e achá-lo bucólico: sentada diante de uma casa de taipa, com alguns elementos da vegetação, uma família brasileira transpirando alegria, o pai à direita, a mãe ao centro, seu recém-nascido nos braços, a avó à esquerda levantando os braços aos céus.

Eu estava no museu com as crianças, olhei o quadro distraidamente, elas nem mesmo pararam pra olhar e se sentaram um pouco mais longe, diante de outra tela, pra responder à questão do folheto infantil que tinham ganhado na entrada do museu, então eu estava diante desse quadro, tinha lido o título, e me perguntava "Quem será Cam?" Eu havia sentado no pequeno banco à frente do quadro e pesquisado no meu telefone e de repente, de repente, tinha levantado a cabeça e visto, visto o que meu inconsciente havia visto em silêncio: o pai branco português, a mãe mulata, o desejado recém-nascido róseo, e a velha avó bem escurinha, a velha escrava, que levanta os braços aos céus para agradecer ao Senhor: seu netinho é branco. A maldição de Cam, a maldição da raça negra, acabou.

"... Um quadro que ilustra o processo de assimilação dos Negros no Brasil, que passa pelo branqueamento..." De repente o quadro não é mais bucólico, por que a direção do museu não põe uma advertência, uma legenda, *Atenção, mensagem subliminar?* Toda essa gente que passa na frente sem pesquisar no telefone o significado da maldição de Cam, certamente recebe essa mensagem, subliminarmente, em seus cérebros já lobotomizados – sua cor é uma maldição, faça qualquer coisa pra se livrar dela, ou ao menos tenha a generosidade e a inteligência de oferecer uma cor mais clara a seus filhos. Tive vontade de conversar com meus filhos, que nunca me fizeram uma única questão sobre a cor da minha pele – nem da deles, claro, meus filhos não têm muita coisa do avô e como é a babá e não a mamãe que vai buscá-los na escola, a questão da cor fica bem escondida neles; tive vontade mas não fiz, nunca digo nada aos meus filhos – sim, claro, digo coisas, falamos sobre as férias, escola, passeios, filmes, amigos, esporte, mas nunca sobre assuntos sérios, os que são importantes pra mim e que ficam girando e girando na minha cabeça sem nunca parar; mas não quero arruiná-los assim cedo, realmente espero, desesperadamente, que eles...

Tenho vontade de chorar, estou atrás da minha tela gigante pela qual paguei uma fortuna, comprei um computador novo depois de meu encontro com Colarzinho-de-Pérolas, tinha dito a mim mesma que seria o computador de meu primeiro romance, tinha comprado o melhor – o melhor não sei, mas em todo caso o mais caro – tinha reorganizado meu escritório para poder escrever meu livro, e tinha mandado pintá-lo sob os conselhos de um especialista em *feng shui*, cor creme relaxante em três paredes e cor viva energizante na quarta, ele tinha me dito que eram cores zen, zen uma ova, sou tudo menos zen, ando em círculos e vou fracassar nesse projeto tão caro pra mim, tão caro, meu primeiro verdadeiro projeto pessoal, na realidade.

* * *

Eu havia pregado uma tela que fiz a partir de uma fotografia, uma fotografia que iria, eu acreditava, me inspirar, retiro-a da parede, olho-a uma última vez, e tento destruí-la contra minha escrivaninha, violentamente, mas a tela está presa ao suporte de madeira e não se quebra, então fico com raiva, jogo-a ainda com mais força, acabo destruindo-a a tesouradas, acabou Toni Morrison, sua vaca, vaca, que me fez acreditar em bobagens, "Se há um livro que deseja ler mas que não encontra, escreva-o", eu acreditei nela, acreditei que conseguiria escrever esse livro sobre uma grande heroína negra, sobre a politização da memória, sobre a falta de representatividade dos Negros na História, não porque ela não tenha existido, como acreditei por um bom tempo, mas porque seus destinos foram intencionalmente deformados, ou sufocados, porque o Ocidente se aplicou em apagar todo bom exemplo de personalidades de cor; mas não encontro, não encontro meu ângulo de escrita, não encontro um orgulho intelectual dentro da minha cor, não encontro meu herói, Pelé, herói? Não encontro minha heroína, Chica da Silva, heroína?

Eu tinha acreditado, depois de ter visto o espetáculo da haitiana, que seria fácil, mas não consigo, meu coração palpita, a cabeça gira, tenho náuseas, vontade de vomitar, vomitar sobre mim mesma, sou nula, tão nula quanto todos os outros, acho que sou superior, mas no fim das contas sou como eles, medíocre e incapaz de cumprir meus objetivos.

Tenho vontade de me machucar, quero me atirar contra qualquer coisa, tenho uma vontade louca de bater a cabeça nas paredes, preciso, preciso, bang! bang! bang! Mas isso vai deixar marcas, o Conselho de Administração vai acreditar que meu marido me bateu, preciso me atirar contra qualquer coisa, bater em algo ou em alguém, Honolulu? Isso, nunca! Não, meu bebê querido, não; preciso me machucar, como quando eu era adolescente, que tinha crises de bulimia, ninguém nunca soube, e quando realmente comecei a emagrecer de tanto vomitar, preferi dizer que era anoréxica, porque tinha vergonha de ser bulímica, porca suja incapaz de parar de comer, é mais chique ser anoréxica, ao menos controlamos as pulsões ao invés de sermos engolidos por elas; adolescente, eu me forçava a vomitar até seis vezes por dia, dois dedos enfiados na boca até a glote, todos os pedacinhos que voltavam, roçavam meus dentes e aterrissavam na privada; a cada descarga era um pouco da minha dignidade que ia embora.

Estou com falta de ar, mãos que tremem, pernas que fraquejam, o coração aflito, é alucinante, o que se passa na minha cabeça reflete no meu corpo, vou esvaziar a geladeira, não estou nem aí, comer tudo que está lá e vomitar em seguida, como fazia antes, vinte anos atrás e nada mudou, desesperador; me seguro nas paredes, tudo balança ao meu redor, balança como num barco, e esse coração que bate como um martelo, tenho a impressão de que ele vai sair pela boca, já o sinto subir pelo meu pescoço, ah!

O que está acontecendo comigo? Você é forte, Victoire ou Victoria, como te chamam em seu novo país, você é uma guerreira – e se deixou derrubar por uma putinha do século XVIII, foi vencida por um Colarzinho-de-Pérolas, eu sabia que esses burgueses me fariam pagar mais cedo ou mais tarde – pagar pelo quê? Pela minha ascensão, é claro! A ascensão de uma mulher de cor, de uma mulher que não dormiu com ninguém pra vencer, de uma mulher melhor que todos eles!

Começa a piscar por toda parte, como neve derretendo diante de meus olhos, minha visão se turva, não vejo mais nada, e desabo no meio de minha sala imensa.

Estou sozinha nesse fim de semana, as crianças e o Segundo-Marido estão viajando, na casa de praia de nossos amigos – isso que é um AVC? Ouvi dizer que estava acontecendo com pessoas cada vez mais jovens, o estresse das grandes cidades, a pressão do trabalho, o veneno da poluição, mas comigo, eu compenso sendo anti-OGM e vegetariana, limitando o glúten, fazendo esporte todos os dias, a menos que essa não seja minha carapaça, Victoria-Coração-de-Pedra me chamam pelas costas, sei muito bem; querendo me blindar por todos os lados não consigo mais respirar, além de tudo, sufoco, sinto falta de ar, é uma crise de pânico, abro os olhos, estatelo os olhos como uma demente, e continuo sem ver nada; sim, vejo minha cozinha reformada no ano anterior, toda em mármore negro, uma fortuna, esse mármore é que vai me salvar, deve estar gelado, preciso de frio, estou muito quente, o ar está quebrado? As gotas de suor caem nos meus olhos, dou risada sozinha, completamente sozinha em minha imensa cobertura, me arrastando no chão de camisola de seda açafrão e com um esmalte preto *Girls Don't Cry*, é isso, estou ali, a bancada em mármore, me seguro ali, me levanto, me curvo, coloco a bochecha esquerda sobre o mármore negro, está gelado, é um bom sinal, penso, ainda estou consciente de meus sentidos, mas ainda não consigo respirar, ver claramente, abro bem minha geladeira, minha enorme geladeira alemã com duas portas que fazem gelo, sento no chão, entre as portas, no frio, e desato a chorar, que tristeza, morrer assim! Ter reformado o escritório usando *feng shui*, ter uma cozinha que vale mais que o salário de sua empregada ao ano e morrer sozinha, sem ninguém; morrer por um livro que não se consegue escrever; é muita estupidez, quem ainda se importa com livros? Eu, eu, eu me importo, queria revolucionar o mundo dos livros, esses livros que me proporcionaram emoções solitárias, queria virar o jogo, eu, a negrinha, proporcionar emoções solitárias aos outros, mas queria oferecer outras emoções, aquelas que, em toda minha vida de leitora ocidental, procurei, mas raramente encontrei, não por altruísmo, não, sou incapaz disso, por... vejamos, por quê? *Chief Executive Officer* de uma multinacional, milhões de dólares de salário, milhões de dólares de bônus, milhões de dólares de indenização em caso de demissão, mas continuarei desconhecida, não existirei para a posteridade, enquanto Emily, Jane, Toni, as pessoas se lembrarão delas, elas deixaram sua marca para a eternidade. Respire, Victoria, respire, aguente firme, respire. Por que respirar? Tenho o cérebro perturbado, masoquista, na verdade, é isso, me sinto mal, mal por toda parte, passo a vida me fazendo mal, mal aos meus cabelos que puxo e estico todos os dias, mal aos meus pés torturados por oitenta e cinco milímetros de salto, mal ao meu corpo submetido a quinze quilômetros de corrida por dia, mal ao meu coração – estou toda ressecada por dentro, me cubro de cremes por fora, pele super hidratada, mas não encontrei o creme pra hidratar meu coração, meus filhos poderiam ter sido meu creme noturno miraculoso super hidratante, mas fico muito ocupada me certificando de que eles não conhecerão a maldição de Cam, de que eles...

De repente, tudo desmorona, minha carapaça blindada voa em pedaços, implode, foi preciso que eu tivesse o traseiro no chão e a cabeça dentro de uma geladeira pra ver com clareza, estou cansada de ser essa mulher, não dá mais, não é quem eu quero ser, estou com o diafragma travado, o ar não passa mais, tento respirar mais depressa, mas a laringe, o esôfago, a faringe, tudo está bloqueado pelo que guardo em mim, meu pai, os homens, o dinheiro, o sucesso, os Negros, a vida, o que for.

Solitude

Quando comecei a construir minha carapaça? Guardo tudo pra mim, meus sentimentos, minhas reações, sou incapaz de ser espontânea, de dizer, ali, na hora, o que gostaria de dizer, muito medo de escorregar, de me distanciar da imagem que construí, desde quando? Lembro-me muito bem de ter pensado – mas não me lembro quando – "Vou construir pra mim mesma um puta colete à prova de balas, e nem mesmo uma bazuca vai me destruir", estava satisfeita de ser dura como concreto, era meu orgulho, minha força, mas hoje esse concreto pesa três toneladas, não consigo mais me mexer, tenho os pés presos num bloco de cimento, o peito entalado num tijolo, exagerei nessa armadura, nada de fora me atinge, é verdade, mas não posso passar nada pra fora, e nunca pensei que a ausência de companhia me faltaria, me cansaria, me deprimiria tanto; enfim, nunca pensei que fosse sentir esse vazio em minha suposta plenitude. E essa solitude, em minha negritude.

Mama África

Eu trabalho, faço esporte, belisco qualquer coisa, trabalho, leio, durmo e, ocasionalmente, cuido das crianças, assim são meus dias. Quase não saio mais, fico cansada, queria renovar meu círculo, mas como fazer, na minha idade, pra ter novos amigos? No trabalho, impossível, sou a chefe, e pra piorar, sei muito bem que me detestam, exijo o máximo das pessoas e acabo fazendo-as chorar; no esporte, tenho quarenta e cinco minutos, precisamente, é pouco num país que idolatra uma bunda durinha, então não vou começar a desperdiçar meu tempo pra fazer amizade; nas festas da escola, conheço todos os pais; nas festas AAA, aquelas dos milionários de São Paulo e do Rio, tenho a impressão de já ter visto tudo, mesmo que cada anfitrião se supere pra fazer algo mais original, mais extravagante, mais exclusivo, nada mais me impressiona. O cansaço do cume, já?

* * *

Viagem para Angola, estou cheia desses deslocamentos contínuos, passo quatro meses por ano no estrangeiro, frequentando hotéis de luxo, como uma puta de luxo, é o que muita gente deve pensar, no elevador, uma mulher sozinha, bonita como eu, num palácio.

Muitas viagens para Angola recentemente; hoje é a coroação, a inauguração da filial, promissora, é possível ficar muito rico, facilmente, nessa Angola tão pobre, se jogar minimamente de acordo com suas regras, e por sorte, minha empresa sabe jogar bem. Inauguração com muita pompa, com ministros e socialites de Luanda – a opulência dos petrodólares, das obras públicas, das telecomunicações, das mídias. O ministro faz um grande discurso, ele tem os dentes pequenos e as gengivas escuras, eu me pergunto se a ortodontia moderna pode fazer alguma coisa pelos dentes pequenos, seria preciso trocar todos? Ele se inflama, faz grandes gestos, transpira apesar do ar condicionado, tem um pescoço franzido, acima do colarinho da camisa, enxuga o rosto, a cabeça, o pescoço com um lenço branco imaculado; ele fala, fala, depois, de repente, me estendendo os braços com emoção, fecha seu discurso:

– Hoje é uma grande honra para nós, africanos, encontrar nossos irmãos brasileiros, recebê-los de novo em nossa terra! Você está com a palavra, irmãzinha!

Aplausos do público, esses novos-ricos têm a impressão de viver um momento histórico, é minha vez de falar, em meu tailleur laranja-tijolo, de expressar minha alegria e minha honra em abrir essa sucursal aqui, em Luanda, terra do futuro, pérola da África, modelo do desenvolvimento acelerado e do capitalismo de recuperação, ando mecanicamente até o palco, tropeço, me seguro no púlpito com minhas mãos esmaltadas do acaju *Women with a Voice*, "Ooooh" do público preocupado, ah, as mulheres, pobrezinhas, um pouco de calor e já se sentem mal, eles precisam acreditar nisso, se for falar o que penso terei que sair rapidinho, sorrio, lindamente, mostrando meu sorriso perfeito, um sorriso de sua irmã brasileira, *sister, sister, ei sister!*, me lembro do rasta, *ei sister!*

Consegui parecer bem, me conter, mas isso me devora, me corrói, é como a caixa de Pandora dos meus vinte anos, no período de um verão me fiz um monte de perguntas, quando acreditava estar definitivamente curada tive uma recaída, recomecei a ir com frequência aos banheiros, então fui embora em pânico para os Estados Unidos, viajei de mochilão, sozinha, os americanos me curaram, e eu prometi a mim mesma voltar alguns anos depois, vencedora, o que fiz, accita na melhor universidade; enfim, eu tinha fechado a caixa, e aí aparecem Chica, Toni, Anacaona – as Negras, a culpa é das Negras, pra mim a culpa é sempre dos Negros, culpados dos piores momentos da minha vida; sim, tive uma vida feliz e afortunada, tenho consciência disso, mas os únicos momentos infelizes da minha vida aconteceram por causa dos Negros –, a caixa reabre, tudo sai de novo, e sou incapaz de fechá-la, não sei com quem falar, adoraria escrever, mas a brilhante *Chief Executive Officer* que sou é incapaz, não tenho com quem falar, com o Segundo-Marido? Não dá; uma amiga? De jeito nenhum, quem, quem? Tudo isso é muito forte, transborda, é isso que faz mal ao meu coração, que o impede de bater calmamente; sim, vou escrever, vou escrever, mas vou guardar pra mim, não mostrarei a ninguém, vou escrever realmente o que penso, sinceramente.

* * *

Parem de me chamar de *sister*, uma ova que você me procurou, falso irmão, uma ova que você não sabia onde eu estava, você me abandonou, vendida por três bibelôs, uma arma, algumas garrafas; ou, se lutou por mim, porque está provado que houve batalhas, você foi derrotado, por inferioridade técnica, porque na época em que os europeus construíam catedrais, castelos e jardins simétricos, você esculpia pedaços de madeira passeando de tanga em sua savana por falta de motivação; enfim, em todos os casos, você é culpado, culpado! Culpado pelo atraso tecnológico e técnico, culpado pelo não materialismo, culpado pela negligência, culpado pelo abandono, culpado pela cumplicidade em primeiro ou segundo grau, mas não estou nem aí, falso irmão, e afinal de contas, quer saber? Estou muito feliz por não ter ficado em sua terra, porque atravessando o Atlântico, me tornei mil vezes mais forte que você; pra começar, aqueles que embarcaram foram os mais fortes, os mais sãos, os mais resistentes, e os que sobreviveram à travessia, foram os mais fortes entre os mais fortes que embarcaram, e os que sobreviveram ao chicote e a três séculos de escravidão e humilhação, foram os mais fortes entre os mais fortes que sobreviveram à travessia. Entende agora o puro produto da seleção genética que sou, vê um pouco do sangue que corre nessas veias? Os fracos morreram pelo caminho, se estou aqui hoje, é porque sou um espécime 100% forte, os Negros do Caribe, os Negros das Américas, são mil vezes mais fortes que você, Negro da África, então não me chame de irmã, falso irmão, porque se já o fui, não sou mais, dá pra entender? Nesse período, e graças a você, me tornei uma Superwoman.

* * *

Naquela noite, depois de ter escrito Superwoman, consegui dormir, aliviada; no dia seguinte, fiquei o dia todo relendo o que escrevi, tive que reler esse grito umas trinta vezes, sem mudar nada, penso em cada palavra, mesmo que tenha vergonha de algumas delas, fico com dor de barriga, ninguém pode ver o que escrevi, odeio os africanos que têm a cara de pau de me chamar de irmãzinha, me pergunto se simplesmente não odeio todos os africanos, em todo caso começo a acreditar que realmente tenho o cérebro cindido, África-América, Europa-América, canalhas, seus canalhas, bando de canalhas!

Começando pelo outro Rei-dos-Canalhas, o que me abandonou.

Fechar, é preciso fechar essa caixa, se não vou ficar louca, a menos que já não esteja; falar, com quem, com quem falar? *Sister, ei sister!* Ah, se pelo menos eu tivesse uma *sister*! *Sister, ei sister!* O rasta tinha razão, sou irmã dele, Negro norte-americano e camarada de travessia, Negro caribenho e camarada de mestiçagem nem sempre consentida, façamos a paz. Primo, o Negro africano é meu primo, um primo mais próximo de mim que o Amarelo asiático, mas um primo, não um *brother*.

* * *

Uma vez, li uma história em quadrinhos sobre um menino coreano adotado, seus problemas de identidade, ele era francês ou coreano? Eu me identifiquei muito com esse personagem que ia em busca de suas origens. Será que essas crianças adotadas se sentem para sempre ligadas a seu país de origem, como os Negros das Américas à África?

Eu me lembro dessa ministra francesa, adotada, que voltou à Coréia em uma viagem oficial e a imprensa queria reforçar o retorno ao país natal, mas ela não ligava pra isso e disse:

– Eu me sinto francesa, nada além de francesa.

A importância dos laços de sangue lhe era estranha. "A história da Coréia não me interessa particularmente. Minha história é francesa".

A Coréia reconheceu a existência dessa geração de crianças perdidas, sim, "perdidas", foi a palavra que o presidente coreano empregou, apresentando as desculpas em nome de seu país por ter abandonado dezenas de milhares de crianças – essas dezenas de milhares de crianças perdidas. A busca dos coreanos adotados no estrangeiro para encontrar suas origens é facilitada hoje em dia.

Eu também sou uma criança perdida, perdida de um lado só, mas é o suficiente para me desequilibrar; o que devo fazer para me encontrar? Talvez procurar o Rei-dos-Canalhas primeiro, ao invés de procurar três séculos pra trás, estou prestes a pegar meu número do cartão de crédito Infinite, chupar um cotonete e enviar tudo pelo correio, é proibido na França, mas autorizado em muito lugar, a mulher desse presidente negro americano, essa antiga ministra negra americana, e obviamente essa rainha do audiovisual negro americano, todas o fizeram, e descobriram que elas vinham do atual Camarões, do atual Benim – isso serve pra quê, me digam? Pra nada, mas não há outra escolha! Se para um camponês branco nascido no século XVIII os registros de batismo já não estavam bem conservados, imaginem para um Negro escravo!

Eu me lembro de um colega de escola, no primário, eu tinha ido à casa dele, ele tinha uma imensa árvore genealógica na sua sala, era a paixão de seu pai, ele tinha me mostrado com orgulho e como eu havia mostrado interesse, um interesse insano em ver o que os outros tinham e eu não tinha, seu pai me apresentou em detalhes, dezenas e dezenas de pessoas, os laços de sangue, "Olha, esses buracos aqui e ali são as guerras; olha, aqui o galho da família se apaga, três filhas e três filhos, as três filhas envelheceram solteiras e, da parte dos filhos, um virou padre, o outro nunca se casou – estranho, né? Um se casou mas sua mulher só teve natimortos, escrevi seus nomes como lembrança; felizmente, desse lado aqui da família tivemos mais sorte, olha todas essas crianças, olha aqui, esses grandalhões se casaram bem! E aqui, embaixo, somos nós, mas espero que continue mais pra baixo, e sempre mais pra baixo", e ele puxou seu filho, meu coleguinha da escola, para junto dele, abraçando-o, orgulhoso de seu futuro filho reprodutor e eu, imóvel, muda, com um nó na garganta, pequena mas já com um nó na garganta, porque nessa árvore, nessa imensa árvore genealógica, eu poderia colocar com certeza meu irmão, eu, minha mãe: três pessoas; do lado de meu pai, tudo era nulo, do lado da minha mãe não havia espaço em branco, muitos estavam vivos, eu conhecia seus nomes, sobrenomes, mas nenhum rosto, os laços de sangue não contam para todos; criança mas já com um nó na garganta, o primeiro de minha sequência de nós, incapaz de definir esse nó exatamente, mas entendendo que os outros não o tinham, e que eles tinham naturalmente, sem pedir nada, o que eu nunca teria, e me lembro que senti vergonha, vergonha de mim, vergonha de minha mãe, terceiro-mundista utópica desmiolada, o que poderia ter passado pela cabeça dela? É ela a culpada de todos os nós que me ataram, que me atam e me atarão a garganta, o coração, o estômago, o cérebro.

Então dei o número de meu cartão de crédito, chupei o cotonete que mandaram e enviei tudo pelo correio, para os Estados Unidos da América, poderia ter feito isso há muito tempo, quando morava nos Estados Unidos, por exemplo, mas na época não pensava nisso, era mais forte, tinha conseguido afastar meus demônios. Esperei, ansiosa, os resultados; eles chegaram: 29% de origem na África subsariana e 71% na Europa Ocidental e então, de repente, compreendi a paixão dos genealogistas, sim, geneticamente, eu era africana! Eu que pensava ser 50% brasileira, amargamente 50% brasileira, era também 29% da África subsariana! Isso provava que houve a travessia, isso eu sabia bem, mas em que época? Meus ancestrais foram colocados à venda na chegada, mas onde? No Rio, em Salvador, no Recife? Houve mestiçagem, mas quando? Estava pronta para inventar um monte de histórias: estupro, relação consentida, história de amor apaixonado à la Chica da Silva; antepassado quilombola... Eu queria saber mais, a África subsariana é grande, que país da África subsariana meus ancestrais deixaram à força?

Mas cortaram as minhas asas em pleno voo com histórias de cromossomos, é no cromossomo Y que se escondem os antepassados paternos, mas essa droga de cromossomo Y só é transmitida pelos homens, e o Rei dos cachorros me transmitiu um cromossomo X, aliás, é a única coisa que ele me transmitiu; enfim, um X que me tornou mulher, "No seu caso, os genes africanos vêm de seu pai. Só um homem da sua família, portador do cromossomo Y, pode fazer os testes para descobrir à qual etnia africana vocês pertencem. Converse com seu pai, seus irmãos ou meios-irmãos, filhos de seus irmãos ou meios-irmãos! E por que não lhes oferecer o teste como presente de Natal? Que presente maravilhoso, todos juntos descobrindo a história da família!", me escreveu a empresa de testes genéticos por e-mail. "Todos os homens de minha família faleceram", eu respondi, pensando poder contornar o obstáculo apelando para a piedade deles. "Os homens de uma mesma linhagem paterna carregam o mesmo cromossomo Y, que as mulheres não têm. Na falta de homens vivos em sua família, lamentamos informar que não podemos continuar as pesquisas, *with very best regards*", recebi como resposta.

E como faz vinte anos que não vejo nem falo com meu irmão, e ainda mais tempo que o Rei-dos-Canalhas sumiu, tive que parar, coagida, no meio do caminho, pretinha desamparada, ficando para sempre com meus misteriosos 29% de africana maldita.

Oreo Bitch

Eu mudei, esses últimos meses me mudaram, não sou mais como antes, há um outro eu que vive em mim, ainda bem discreto, mas sinto uma força irrepreensível, algo imperioso. Larguei o Segundo-Marido em poucos meses, a gente apenas se cruzava, ele sempre de passagem, eu também, com as crianças conseguíamos manter as aparências e a conversa, mas cara a cara, não tinha mais nada a lhe dizer, o que ele dizia me aborrecia, as férias, o fim de semana no Rio, a próxima festa, o churrasco na chácara, eu não estava nem aí e estava cheia de fingir.

O fascínio pelo que o dinheiro proporciona – grosso modo, tudo – passou.

Eu trabalho, faço menos esporte, trabalho, tenho compulsões por chocolate que domino fazendo vinte minutos no remador, programa *High Intensity Cardio*, trabalho, não leio mais, vejo séries, revi integralmente aquela série que me deixou viciada quando estreou, aquela que se passa em Baltimore, e durmo, pouco e mal.

Quando durmo, penso e sonho, quero me reconciliar com minha segunda metade, não dá pra viver toda uma vida odiando uma metade sua, ou para ser mais honesta, odiando-se por inteiro, porque por mais que eu seja duas metades, no fim das contas, sou uma pessoa inteira, mas odeio a Terra inteira e não é possível odiar a Terra inteira, *eles*, os Homens, os Negros, os Poderosos, os Glutões, as Brancas, as Putinhas, as Utópicas, e por aí vai, é muita gente.

* * *

Não é a primeira vez que surpreendo meu motorista:
– O que está fazendo?
Dentuço permanece fiel, apesar dos meus divórcios, da minha mudança de cargo, ele parece suportar estoicamente minhas variações de humor, e naquele dia, enquanto olhava-o discretamente pelo retrovisor, vi seus olhos sorrirem, depois o vi pegar seu telefone rapidamente pra tirar uma foto, foi por isso que perguntei o que fazia, e ele me respondeu sem conseguir fechar sua boca enorme que se abria em um sorriso ostensivo:
– Ah, aquela lá é muito boa, olha!
– Olhar o quê?
– Ali na frente, o adesivo colado no vidro traseiro do carro... *Votem nas putas, porque votamos nos filhos delas e não funcionou.*

E ele gargalha, repete a frase várias vezes, rindo muito a cada vez, enxugando os olhos, e me conta que no Brasil as pessoas adoram colar frases nos vidros traseiros dos carros, frequentemente religiosas, mas não apenas, então, depois de um tempo, decidiu tirar fotos e fazer uma coleção, ele as classifica em um álbum próprio no seu smartphone, que é do mesmo modelo que o meu, "Olha aqui, tenho uma dezena delas", eu pego seu telefone, penso que o interesse por essas frases coladas nos vidros traseiros dos carros certamente me tornará mais humana, pois sempre me pergunto que apelido meu motorista teria me dado, Princesa-de-Gelo, Porco-Espinho, Jararaca? E olho tudo me aproximando dele para que ele veja as fotos enquanto vou passando.

– Ah, essa aqui é boa demais, acho que é a minha preferida: *Nasci pelado, careca e sem dentes, então tudo o que vier é lucro*, hahaha!

* * *

No arranha-céu em que estão meus escritórios, utilizo um elevador privado, reservado aos *top executives*, um elevador que vai do estacionamento subterrâneo aos dois últimos andares e ao heliporto, sem parar em todos os andares, nunca vejo meus funcionários, aliás ele é feito pra isso; mas hoje, não sei por que, tive vontade de sair, dar uma volta, estava sufocando, até mesmo acreditei que estava tendo uma onda de calor pré-menopausa, mas ainda é muito cedo, pensei; enfim, tinha dez minutos, desci para o saguão no térreo, andei um pouco na rua, no pequeno jardim em volta do arranha-céu, vi toda essa gente de crachá, trabalhando pra mim, fumando seus cigarros de papel ou eletrônicos, tomando café, e havia um sol agradável, ameno, um ventinho, tinha chovido de manhã, o ar ainda estava fresco, um pouco úmido, tempo bom pra caminhar no parque Ibirapuera com Honolulu – meu Lulu...

Bom, pare de sonhar! Voltei, fui para o fundo do saguão, ali onde uma porta discreta leva ao elevador dos privilegiados, e vi dois jovens que destoavam claramente do resto, por suas roupas, sua atitude, um jovem com uma cabeleira crespa solta, uma jovem com tranças bem finas, eles estavam se despedindo dessa mulher com quem já cruzei, impossível lembrar seu nome, eu me lembro que ela é responsável pelos patrocínios – o bom esconderijo, seu trabalho é gastar os milhões que me mato pra ganhar e que não lhe pertencem em projetos culturais e filantrópicos –, eu a vi muitas vezes em coquetéis de eventos que patrocinamos, o que esses jovens fazem ali com ela? Eu acreditava que subvencionávamos filmes de autor, a Aliança Francesa, projetos ecológicos, ignorava que também fazíamos inclusão social!

Eu me aproximo, bom dia Filha-Pródiga, imagino que esse seja um epíteto que caia bem no meio cultural, "Tudo bem?", e ela, espantada por eu ter me lembrado dela, por eu ter dito bom dia, por eu estar ali, no saguão, imponente com meu vestido ajustado de couro de cordeiro sem mangas, meu esmalte cor de tijolo *Stop Bulshitting Me*; ela se recompõe, me apresenta seus interlocutores, "Esses são jovens que vieram falar de seu projeto. Eu gostaria muito que nós os patrocinássemos, é uma iniciativa interessante de aproximação com a favela através da literatura".

– É mesmo? Vocês sabiam que sou uma grande amante da literatura?

– Verdade? E de quem a senhora gosta?

Foi o que tinha a cabeleira do David Luiz que me perguntou isso, espontaneamente, e eu, sem saber muito o que responder, será que um favelado conhece as irmãs Brontë?

– Adoro Dostoievski, mas não sei se...

Na hora em que disse isso, pensei em Toni Morrison, droga, deveria tê-la citado, claro que eles devem conhecê-la! Mas ainda tenho meus reflexos de francesa da velha guarda.

– *Memórias do subsolo*? "Sou um homem doente... Sou um homem mau..." Sou louco por esse livro, senhora. É dinamite pura!

E, com naturalidade, David Luiz me explica seu projeto, de pé, no meio do saguão, sem apresentação Power Point, de jeans, camisa branca e gravata borboleta azul-marinho com bolinhas brancas, ele está entusiasmado, tem sua cabeleira livre e orgulhosa, tem muito brilho nos olhos quando fala, subitamente vejo uma beleza surpreendente – sua pele chocolate escuro, seus lábios cheios, seu sorriso feliz, suas mãos que falam.

– Sabe, os saraus são inacreditáveis, você precisa conhecê-los.

– Saraus, o que são saraus?
– Ah, os saraus são... Bem... Como é o seu nome?
– Victoria.
– Os saraus mudaram minha vida, Dona Victoria. Os saraus que acontecem agora nas favelas de São Paulo são... É uma coisa de doido. Você sabe o que são os *battles* de hip-hop? Bem, essas são *battles* poéticas. É o fenômeno cultural brasileiro mais marcante desde a bossa-nova. De verdade, juro! Mas a bossa-nova era um movimento burguês – com todo respeito, Dona Victoria – e dessa vez são as classes populares, essa classe que o pessoal costuma dizer que não lê, que não tem cultura, são elas que organizam essas reuniões populares e espontâneas em torno da literatura. Os saraus são assim. A periferia fez tudo sozinha, cansou de esperar que o governo implementasse políticas culturais. Ela se assume como é, orgulha-se dela mesma. Hoje os jovens da favela não sonham mais em sair dali, Dona Victoria! Eles querem morar lá e tornar a favela mais bonita.
– É o *empowerment*. A autonomização, eu corrijo.
– "Exatamente", continua a Menina-de-Tranças, com uma blusa jeans, saia midi branca e esmalte coral – nunca tinha imaginado favelados tão estilosos! "Hoje existem saraus em todo lugar, em São Paulo, no Rio de Janeiro e em quase todas as cidades do Brasil! Mas foi em São Paulo que começou, no início dos anos 2000, em segredo, alguns sonhadores que se reuniam pra recitar poesias... Por volta de 2010 o fenômeno explodiu, a grande imprensa nunca se interessou de fato, mas uma cena literária emergiu, os autores que faziam mais sucesso nos saraus começaram a publicar livros, isso aconteceu na mesma época da euforia econômica, o Brasil se tornava um ator cultural, um produtor cultural e não mais apenas um consumidor...
– O mais importante, interrompe David Luiz, é que o Brasil pobre começou a consumir sua própria cultura e não

mais a da classe média superior. A periferia submissa e admiradora da cultura do centro acabou! Hoje, em 2017, é o próprio centro que consome nossa cultura, essa é a novidade. E... Não é nada pessoal, Dona Victoria...
– Não pensei isso.
– O Brasil popular nunca soube apresentar sua cultura. Até mesmo ignorava sua existência, achava que era bruto, primitivo. Mas hoje nossos jovens se orgulham de onde vêm, de ter essa história, de serem os primeiros da família a ter um diploma universitário. Percebem como a história deles é fértil.
– E o seu projeto é organizar saraus?
– Não, Dona Victoria, dessa vez queremos ir mais longe. É por isso que viemos aqui, porque organizar um sarau não custa nada, podemos usar o bar da esquina; nosso projeto, ao contrário, vai mais a fundo no *empowerment*, como a senhora disse...

* * *

Eu subi para o meu escritório.
De repente, enquanto enviava um longo e-mail a esse incapaz que dirige Shangai, tive um flash: a Menina-de-Tranças, suas belas mãos com dedos longos, seu esmalte. Com certeza, sem dúvida, ela usava *We Shall Overcome*.

* * *

Algumas semanas após ter tido essa conversa, decidi ir a um sarau. Eu hesitei em ligar para David Luiz, deveria ir com ele? Não, essas leituras, pra mim, sempre foram um prazer solitário.
Então entrei na minha conta do Facebook Jessika da Silva 123 com Honolulu bebê na foto de perfil – ele ainda

tinha os olhos azuis nessa época, eles se tornaram âmbar depois – e passei a seguir notícias de vários saraus, a ver fotos e vídeos, a ler textos... Que tentação!

Mas o problema dos saraus é a distância, eles sempre acontecem nas favelas da periferia e Dentuço se recusa a me levar:

– É muito perigoso, dona Victoria, você é francesa, não sabe do que esses animais são capazes!

Que covarde, com certeza não tem sangue nas veias, e que hipócrita, "animais", sei muito bem que ele foi criado em um desses bairros. Ele acha que tenho medo? Não tenho medo, nunca tive medo de bandido, embora conheça tantas pessoas que já foram agredidas, assaltadas, furtadas, mas nunca aconteceu comigo, sempre acreditei no meu anjo da guarda e sobretudo no anjo do meu carro blindado.

No carro, a caminho de meu primeiro sarau, me veio uma cena que havia esquecido, eu ainda era jovem, muito jovem, estava com aquele que viria a ser o Primeiro-Marido, loirinho de olhos azuis; terminávamos o mestrado nos Estados Unidos; éramos os futuros reis do mundo e, numa noite, em Nova York, fomos a um show de hip-hop, na época adorávamos rap, esse grupo era um sucesso, a sala estava cheia a ponto de explodir, o público muito misturado, os pequeno-burgueses da classe média como se fossem da ralé e a ralé, talvez, se sentindo um pouco burguesa; enfim, em certo momento, Futuro-Primeiro-Marido olha para um Negro, um desses grandalhões de regata branca que exibe suas tatuagens e sua touca preta na cabeça como um estandarte, o Marmanjão tem os olhos vermelhos de tanto fumar, faz o tipo durão:

– O que foi, *cracker*, tá olhando o quê, *motherfucker*?

– *Man*, sem problemas, *man*, tá de boa, *man*.

Corajoso sem ser bobo, Futuro-Primeiro-Marido, recém-formado na mais prestigiada universidade americana, não iria dar uma de louco, não iria procurar encrenca com um negrão chapado. E o outro provocava, não é todo dia que se pode humilhar quem te humilha o ano todo, talvez não fosse isso, mas foi o que pensei na hora, observando a cena de longe, a probabilidade que Cracker termine na prisão ou morra baleado é praticamente nula em comparação com o Marmanjão, o Marmanjão sabia disso e ficava com mais raiva; a situação foi esquentando, Marmanjão começou a empurrar Cracker, deu um pequeno cascudo nele – desses que não machucam mas humilham – ele estava claramente com vontade de brigar e tinha encontrado sua vítima, tinha visto nos olhos de Cracker que aquele ali serviria.

– Algum problema, *nigga*?

Marmanjão se virou lentamente pra mim e me encarou, atônito, que cara de idiota ele tinha com aquela touca na cabeça!

– Algum problema com meu *boyfriend*?

Ele me olhou e eu sustentei o olhar, ignoro por quanto tempo, mas por bastante tempo, ninguém abaixava os olhos e eu certamente não iria ceder, o hip-hop também me exalta, está achando o quê, filho da puta, que é você quem manda, vergonha da raça, você me dá vergonha, tenho vergonha de ter a mesma cor de pele que a sua, vergonha que possam nos achar parecidos, você e eu, você é um clichê ambulante, eu passo a vida tentando me desfazer do clichê que você mostra todo dia, sua vida é uma merda e você sabe, com essa tatuagem que vai do pescoço à orelha, ninguém vai te contratar pra um trabalho sério nunca, sua única saída legal é o esporte ou o rap, mas você não parece bom em nenhum dos dois, vem me pegar, filho da puta, vem me pegar, você vai ver do que sou capaz, a gatinha na sua frente está com raiva, vem, tá esperando o quê?, eu lhe disse tudo isso só no olhar, ele ouviu muito bem, depois de um tempo ele mastigou qualquer coisa – eu vi que você não tinha nada na boca, palhaço, acha que essa esperteza pra encontrar compostura vai realmente funcionar? –, eu não cedi e não pensei em ceder nem por um segundo, o show em volta de nós, a violência dos *lyrics*, os baixos ensurdecedores, o clamor do público, os rappers no palco que gritavam *jump, jump!*, e o público que começou a pular, pular, gritando, e Marmanjão e eu sempre imóveis; eu, transmitindo pelo olhar todo ódio que tinha, me lembro de ter ficado surpresa com todo esse ódio que descobria em mim, como se tivesse aberto uma porta ignorada até aquele momento, o ódio tinha aflorado e me atravessado de repente, vem! Vem me pegar, não sei como, mas vou te incendiar, e ele cedeu, Marmanjão se inclinou e partiu murmurando "*nigga Oreo bitch*", como se fosse um insulto, a bolacha preferida dos americanos se tornou um insulto em seu cérebro lobotomizado; babaca, você não passa de uma vítima do *marketing*, de um palhaço sem culhão, *nigga*.

Super-Carioca

Dentuço e eu chegamos ao meu primeiro sarau, o bairro está tranquilo, porque mesmo quando os saraus acontecem nas favelas consideradas mais violentas, os traficantes deixam os moradores tranquilos nessas noites, li no Facebook. Dentuço recita seu manual de sobrevivência:

– Na menor discussão, se perceber que a coisa degringola, volte imediatamente, entendeu Dona Victoria? Estou armado e usarei minha arma se for necessário, entendeu? Vou ficar aqui fora, em frente ao carro, no menor problema venho buscar a senhora, entendeu?

Esse covarde acha que sou o quê?

Dentuço estaciona, bem em frente ao bar, em fila dupla, atrapalhando a circulação, mas a marca e o tamanho do carro desculpam tudo e ninguém diz nada; eu desço, todo mundo me olha, não devem vir muitas mulheres com motorista a seus saraus, mas estou acostumada com olhares, não é isso que vai me intimidar, ando com segurança, entro, um vovozinho me cumprimenta, um brasileiro da velha guarda, terno e chapéu branco, ele parece saído de uma escola de samba tradicional, ele abre um sorriso charmoso.

– Entre, minha linda, entre! Procure um lugar, já vai começar, e essa noite, vai ser sensacional, pode confiar!

Eu devolvo o sorriso charmoso, o bar está quase cheio, muitos jovens, jovens com bonés estilo hip-hop, jovens descolados, jovens seguros de si, jovens que usam seus cabelos crespos com orgulho, é surpreendente, vejo poucos cabelos escovados entre as jovens, mas muitas tranças, trançados, as mamães não ensinam mais à nova geração como usar uma chapinha? Eu tentei me vestir o mais simples possível, scarpins pretos, jeans justo preto, regata marfim em seda amassada e esmalte vermelho *Yes We Can* – ah, quando vi esse nome soube que esse esmalte era feito pra mim! –, eu sei que minha riqueza transparece, mas não me sinto mal por isso, e daí? Vivem dizendo que os jovens da periferia não têm modelos positivos; bem, olhem pra mim, pessoal, eu sou um modelo positivo, inspirem-se, sou o sucesso encarnado, conquistado com trabalho, diplomas e trabalho, o segredo do sucesso é esse, não se deixem seduzir por falsas receitas milagrosas – e com esse pensamento me endireito, um pouco mais ereta.

As cadeiras dobráveis estão dispostas por toda parte em semicírculo ao redor de um pequeno palco, vejo alguns lugares vazios, obrigo toda fileira direita a se levantar para me deixar passar, perdão, perdão, obrigada, sorrio do melhor jeito que consigo, obrigada, eu me sento.

Todo mundo conversa, as pessoas parecem se conhecer, Meu Deus! o que me deu pra vir aqui? Faz um calor insuportável, claro, os pobres não tem ar-condicionado, ai, que horas são? Não trouxe meu relógio, um relógio da marca da pantera, confesso ter tido medo que me roubassem, não precisamos provocar as pessoas, né?, mas trouxe meu telefone sem medo, porque estou longe de ser a única com um telefone do Vale do Silício, vejo muitos que têm o mesmo modelo que o meu, Nossa Senhora, é essa a pobreza da favela?

Eu me abano com a mão, meu Deus, que calor! Estou rodeada, à direita, por um grupo de meninas com aparelhos

dentários que riem, falam alto e não param de tirar *selfies*, um inferno, e à esquerda, por uma mulher e seu marido, discretos, na casa dos cinquenta, com cara de nordestinos. A mulher me estende um leque de papelão sorrindo:
– Durante o carnaval, quando os distribuem gratuitamente em todo lugar, faço provisões para os saraus, ela me explica.
Eu devolvo educadamente o sorriso, ali estou me abanando com um papelão que faz propaganda de uma marca de cerveja, justo eu que odeio cerveja!, mas fico agradecida, esse leque salvou minha vida, estou pingando, ah, meu Deus, o que é que me deu? Vinte minutos, faz vinte minutos que estou ali e ainda não começou, mas o bar continua a encher, dezenas de pessoas estão de pé, não posso mais, vou fazer uma doação à associação do sarau pra oferecer um ar condicionado, posso até reduzir meu imposto graças à lei Rouanet, ao invés de dar dinheiro aos impostos, você dá para a cultura, aliás é nesse contexto que a Filha-Pródiga vai financiar o projeto de David Luiz, porque nenhum patrocínio é, digamos, totalmente desinteressado.
Enfim! O sarau começa, Vovô-Samba faz os agradecimentos de costume e anuncia a Titia de tal, uma mulher baixinha com uns cinquenta anos, ela sobe no palco, estou surpresa, poderia ser minha empregada, minha cozinheira, a mesma boca arruinada pelas mesmas coroas dentárias baratas, a mesma pele enrugada, mas não são as mesmas rugas que terei mais tarde, são rugas de uma vida de trabalho, rugas de uma nordestina; ela usa um vestido com flores grandes, simples e adequado, ela desdobra uma folha – um papel com linhas, escrito à mão, com uma escrita escolar, eu consigo enxergar.
Sobre o palco, essa velha se ilumina, sei que não deveria dizer e não entendo por que digo isso, mas a Empregadinha, contando sua história, irradia.

Que emoção! O público fica tocado, nenhum barulho na sala, Empregadinha é a rainha, essa noite o bar é seu reino, ela tem seu momento de glória, seus minutos de fama – que reflexão boba, corrijo de imediato, com vergonha de mim mesma, Empregadinha é uma maravilhosa contadora de histórias, e ela deve ter tido muitos momentos de glória, muito público, boquiaberto, crianças, netos, vizinhos, não me surpreende que Empregadinha seja a tia de todo o bairro, ela transparece serenidade, uma vida de trabalho e dignidade, deve ser isso que lhe dá sua beleza – meu Deus, como ela irradia...

Ela dobra seu papel, a plateia aplaude calorosamente, Viva! Viva, viva!, Tenho lágrimas nos olhos, estou transtornada, também aplaudo, Empregadinha venceu onde eu falhei, essa que chamo desdenhosamente de Empregadinha porque não guardei seu nome conseguiu escrever e eu não... Procuro um lenço na bolsa, droga, droga, droga, troquei de bolsa pra vir com a mais discreta que tinha e só trouxe o necessário, cinquenta reais, meu celular, minhas chaves, meu fio dental e nada de lenço, enxugo os olhos com a ponta dos dedos – como as mulheres faziam antes da invenção do rímel à prova d'água? –, minha vizinha decididamente salvadora me estende um pacote de lenços com um ar compreensivo:

– É normal na primeira vez...

Eu sorrio, me recomponho atrás do lenço de papel.

– E na centésima vez também é normal... Os saraus são muito emocionantes, querida, sabe, é muita emoção... Quando a Tia fala, todas nós falamos, as mulheres, as negras, as oprimidas, então com certeza nos toca...

"Nós?"

"Negra oprimida", minha vizinha me chamou de negra oprimida, em outra ocasião eu teria feito uma observação bem mordaz que faria com que ela soubesse imediatamente com quem estava falando, mas preciso reconhecer: Empregadinha acertou em cheio, bem no meio, em pleno coração.

* * *

Há todos os estilos no sarau; depois da Tia, dois jovens entram em cena, seus textos se aproximam da poesia, amei, amei! Em seguida, um cara recita uma poesia erótica de dar sono, "A curva de suas ancas sobre meu sexo me deixa louco de paixão", mas ele é aplaudido como os outros, não por mim, finjo procurar algo em minha bolsa, eu não aplaudo quando não gosto; em seguida é a vez de uma menina de mais ou menos doze anos, que conta uma história que ela inventou, que se passa em um país imaginário sem carros, onde todos andam de bicicleta e tomam banho de mar todo dia, onde os pais se amam e nunca se divorciam, seu país se chama Pasárgada, ela escreveu a história em seu caderno da escola, ela é ovacionada; amei, amei! E eu que pensava que as meninas de doze anos das favelas só eram aplaudidas assim quando rebolavam nos concursos de samba... Isso que é literatura! Engajada, concreta, engraçada! O público se diverte e aplaude todo mundo.

Em seguida Superwoman entra em cena, uma jovem vestida com um collant justo azul brilhante, calcinha vermelha enfiada por cima, capa vermelha, tiara de estrela. Sem medo do ridículo, ela entra correndo, estendendo o braço como se fosse voar, bem teatral, "Super-Carioca!" ela diz com os braços no ar, interpelando a plateia, que responde com assobios espontâneos.

"Pessoal! No Rio de Janeiro, você tem que viver todos os dias com um mito: o da carioca feminina, provocante, gostosa. As unhas e os cabelos perfeitos, faz parte da panóplia; então as cariocas gastam horas e muita grana no salão, não se constrói essa aparência do nada, e você, como não quer andar por aí que nem uma hippie mal cuidada, mas tampouco quer cair no bisturi, encontra tempo para sua escova todas as manhãs para ter os cabelos lisos, lisíssimos.

... SUPER ARRUMADA!

Então você é uma mulher bonita que se cuida – e a sociedade brasileira te pressiona pra isso, ricas e pobres, somos todas submetidas à mesma ditadura, com padrões diferentes, claro, e graus de sucesso que variam de acordo com sua classe social – mas você não quer ser reduzida a isso, uma boneca bonita que não tem nada na cabeça, então você vai a eventos culturais – você vai ao museu, um pouco por obrigação, mas também por gosto, você vai ao cinema, você ignora a Globo, suas novelas absurdas, seus programas cretinos, seus apresentadores populistas, você encontra tempo para ser culta, para ler – mesmo que pegue no sono toda vez, que vergonha, você leva um mês para terminar um livro grande.

... SUPER CULTA!

E seus filhos? Porque você tem filhos e é bonita – em 2017, as mamães cariocas tem que ser bonitas senão seus filhos se envergonham delas na escola. Então você tem filhos e os educa bem – não é uma desistente que põe os pirralhos na frente do Nintendo. Você encontra tempo pra cozinhar, comida caseira, alimentos saudáveis, você não é do tipo que vai criar barrilzinho bebendo Fanta. Você encontra tempo pra cuidar das crianças: faz quebra-cabeças, lê histórias, faz passeios educativos, diz a eles "Não", ainda que de vez em quando tenha vontade de dar uns tabefes, mas as mamães cariocas cultas de 2017 não batem em seus filhos, mesmo quando estão estressadas, então você diz não, com firmeza.

... SUPER MAMÃE!

E seu marido? Porque você é bonita, tem filhos e tem um marido – você não é uma dessas mães solteiras passando perrengue, não, você tem um lar estável, tem uma relação baseada no respeito e no diálogo – vocês conversam bastante, você e seu marido, ainda que de vez em quando tenha vontade de xingá-lo – enfim, esse marido que você ama, nenhuma dúvida a respeito, você adoraria escondê-lo, porque, ao redor, existem urubus rondando – essas vacas desmioladas – cuja principal ambição é roubar seu homem, que andam na praia de calcinha e sutiã como se estivessem em casa e você, mamãe carioca bonita culta e casada de 2017, encontra tempo para manter sabiamente, ou como pode, a chama acesa e vigiar seu marido como o leite no fogo, nessa merda de cidade onde há mais mulheres que homens e onde, em consequência, a mulherada é faminta, sobretudo quando o cara tem grana.
... SUPER AMANTE!

Grana? Vamos falar dela, a grana, atrás do qual todo mundo corre nessa cidade – é uma obsessão nacional num país onde o consumo te define, onde ir ao shopping é o passeio de fim de semana, ou você compra ou é um bosta – e onde aqueles que o têm perdem 40% nos impostos, um pouco como em todo lugar do mundo, você pode dizer, mas a diferença, é que no Rio você não tem nada em troca – serviços públicos: nada, ou tão execráveis que equivalem a nada, então você evita como pode de pagar esses impostos que, no final, caem no bolso dos dirigentes corruptos, e você acaba pagando por tudo: pela escola, pelos estudos, pela saúde, pela segurança. Você é obrigado a ter dois carros porque os transportes públicos dessa cidade são deploráveis, você é obrigada a ter uma babá porque as crianças só vão à escola meio-período, você é obrigada a entrar numa paranoia coletiva e trancar as portas do seu 4×4 com vidros escuros assim que entra nele, você é

obrigada a ter cuidado por onde pisa porque as calçadas são esburacadas e na sua idade um tornozelo torcido...
... SUPER ESTRESSADA!

Você tem 45 anos. A natureza segue seu curso, não tem jeito, você tem o corpo menos firme que aos 20 anos; a bunda – sua bunda lendária de mulata no imaginário popular brasileiro – está um pouco mais flácida, então você encontra tempo para fazer esporte, academia, corrida, dança, muitas horas por semana, há muita concorrência, siliconamente desleal, e você também faz Pilates, a Carioca 2017 é esportiva e adepta da filosofia yoga.
... SUPER ESPORTIVA!

E não é tudo! Você precisa ganhar a vida, porque foi criada por uma mãe feminista que te disse que as burguesas que não trabalham eram somente donas de casa e que você valia muito mais que isso, então você trabalha, trabalha duro, motivada pela ambição e talvez por outra coisa também, mas que você não consegue definir muito, e graças ao seu profissionalismo e competência, você arrasa, e como você é mulher e como você é negra, quer que os outros se orgulhem, pode parecer megalomaníaco, mas quando você é a exceção, você quer ser um exemplo, um espelho para aqueles do mesmo sexo e da mesma raça e...
... SUPER ORGULHOSA!

Você é Negra? Sim, você é Negra e detesta essa designação em voga, *Black*, como se a palavra "Negro" causasse medo, como se fosse um defeito, como se a nomeação de outra forma ficasse mais aceitável; sim, você é Negra e escreve a palavra com um N maiúsculo, e lida todos os dias com os mais diversos e variados clichês sobre as pessoas que têm sua pigmentação, não tão malvados porque você tem sorte – sorte, sim, foi o que sua mãe disse e repetiu – de ter a pele clarinha; no entanto, na verdade, você é uma burguesinha cheia de diplomas; mas na academia, regularmente te confundem com a personal, nas ruas de Ipanema, com seu carrinho de bebê, te confundiram por anos com a babá; e no trabalho, você tem que se vingar, você encontra tempo para ser duas vezes, três vezes, x vezes melhor que os outros, para que seu patrão veja que você é realmente diferente da Negra sobre a qual ele fantasiou nos romances de Jorge Amado – ah, nosso maior escritor não ajudou na visão da mulher negra brasileira, né? –; para que ele veja, eu dizia, que você é realmente diferente de sua cozinheira, ancas de mãe reprodutora, lenço na cabeça, avental xadrez e gentileza adocicada de mamãe serviçal; que você é totalmente diferente da gostosa que ele cruza na praia todo fim de semana ou todos os anos durante o carnaval; que você é totalmente diferente do marginal que o assaltou, com um 38 nas calças e ódio exalando por todos os poros da pele – ele te contou isso numa segunda-feira, seu patrão, essa história acabou com você, ele foi brutalmente assaltado no sábado à noite, "por um Negro", foi o que ele disse, e você sentiu tanta vergonha por esse cara Negro, por você mesma, até chorou de raiva, mordendo seus punhos às escondidas, dias e dias, uma merda de vida tentando ser exemplar e, numa noite, tudo foi aniquilado, será que você é realmente a exceção de uma raça de incorrigíveis filhos da puta? Então, no trabalho, você é de um perfeccionismo que beira a loucura.

... SUPER NEGRA!

E seus amigos? Ainda que você seja Negra e seu marido Branco e que, entre seus amigos burgueses, sejam o único casal misto, você tem um monte de amigos, a Carioca 2017 é simpática, sociável e amigável, então você encontra tempo pra sair bastante – praia, jantares, blocos de carnaval, porque

senão seus amigos dizem que você se isola muito, que você precisa parar de pensar só no trabalho e nas crianças e em todas as coisas que têm na cabeça, então você os encontra no Posto 11 e no restaurante; é verdade que sua vida é legal, que sua vida é até mesmo bonita – mas eles não veem essa merda de guerra que tá aqui por dentro de mim, essa merda de luta de classes fora de mim? Eles têm razão, você precisa parar de ver a vida e a cidade como um ringue de boxe, você até ia relaxar um pouco, mas olha seu relógio e vê as horas que passam e pensa em tudo que ainda tem que fazer, as unhas, ler o último prêmio Jabuti, preparar a massinha de modelar, o bolo de fubá *light*, o sexo, o Pilates, os objetivos no trabalho, torcer o pescoço do Jorge Amado, defender sua cor e você pensa em todas as Super que você é, que tenta ser, que luta para continuar a ser e...
... SUPER DOIDA!

Ai, que ódio! Tem tanta vontade de fraquejar, olha em torno de si e pensa: quantas vidas as cariocas têm? Como encontram tempo?
Sabem de uma coisa, pessoal? Eu gostaria de ser homem, para poder dizer que tudo isso me enche o saco sem que vocês me encham o saco."

* * *

A plateia se exalta, levanta, aplaude com toda força, Superwoman dá uma volta no palco correndo, colhendo os vivas e os assobios como uma diva. Eu amei, amei, mas estou muito abalada pra reagir, aplaudir, assobiar, gritar, chorar. Tenho um nó na garganta, uma bola enorme que me impede de engolir, e esses formigamentos no meu nariz e essa umidade que invade meus olhos e esse tremor que toma meus lábios.

Superwoman também gostaria de ter culhões?
Superwoman também conhece Filhos-da-Puta?

* * *

Superwoman me descreveu e isso faz bem e mal.

Toni

Fico com as crianças uma semana sim, outra não, fico sozinha o resto do tempo, realmente sozinha, sem amigos, sem passeios, sem festas de socialites.

Ando sombria embora sempre tenha sido uma pessoa solar, não irradio mais, meu fogo se apagou, recebi um golpe, eu achava estar sozinha e não estou, a Super-Carioca sou eu, adoraria reencontrar Superwoman, conversar com ela, saber se ela inventou tudo aquilo, se tudo é verdade, como ela fez.

Queria escrever sobre heroínas negras e não consegui, queria escrever sobre a condição feminina negra e não consegui, enquanto outras conseguiram, e aqui minha vaidade foi atingida, Empregadinha e Superwoman feriram minha certeza de poder ser a nova – sim, eu acreditava – Toni Morrison.

Cat-Girl

Não estou de bom humor, na verdade estou com um humor de cão. Fiquei furiosa comigo mesma a tarde toda. Eu almoçava em um restaurante que acabara de abrir, com um advogado e um juiz do tribunal superior de justiça – manter boas relações com os legisladores é primordial para fazer negócios tranquilamente – quando, na hora do café, me levantei da mesa, tinha visto um garçom e perguntado a ele onde eram os banheiros, com o tom educado mas firme que usamos ao falar com funcionários e ele me respondeu:
– Não sei, pergunte para quem trabalha aqui...
Eu estava distraída e menos observadora que de costume, não olhei pra ele de fato, senão teria visto que o terno desse Negro era bem mais estiloso que o de um garçom comum, que seus mocassins, apesar dos dois horríveis pompons, eram muito europeus para serem de um garçom comum e que, além disso, sua cara me era vagamente familiar. Eu deveria ter visto tudo isso, porque as pessoas atentas veem todos esses detalhes ao contrário do povo cuja visão é vaga, imprecisa, e acabei agindo como o povo! Detestei-me, odiei-me, pedi mil desculpas, ele sorriu, um pouco chateado, assegurou-me de que não era nada, mas sim, era muito, sobretudo pra mim.
Resumindo, não estou de bom humor, e estou atrasada, não tenho tempo de passar em casa pra trocar de roupa, pe-

guei o vestido que estava pendurado em meu escritório pra me trocar no carro; presto muita atenção nas minhas roupas, mas uso apenas o essencial no que se refere à bolsa e sapatos, o que me faz ganhar um tempo precioso – limito-me a três cores, preto, vermelho e marrom, simples mas eficaz, o que me permite evitar combinações indesejáveis. Nos sapatos, sou fiel a esse designer asiático-americano, compro seus scarpins de olhos fechados, sempre com o mesmo salto, 8,5 cm; nas bolsas, sou clássica e sóbria, com uma clara preferência por essa marca hípica francesa caríssima.

Eu me entortei toda no carro pra enfiar meu vestido tomara que caia preto, não uso nenhuma joia, apenas meu colar, um pequeno solitário em uma corrente fina, e minha pulseira, três aros em três ouros entrelaçados, que nunca me abandonam; olhei para as minhas mãos, não há mais aliança, Segundo-Marido nem se esforçou pra me reconquistar, esse espertinho já devia até estar paquerando por aí quando viajava, mas sorrio para meu esmalte, *Breakfast at Tiffany's*, não resisti ao nome, o filme cult de minha adolescência – de repente, aos quinze anos, eu descobria outra coisa para além dos filmes franceses desse diretor que descrevia o interior da França em toda sua mesquinhez e tédio e que mamãe adorava, *Breakfast at Tiffany's* soprou um vento de fantasia nos meus anos de liceu, Audrey era, para mim, o auge da elegância, queria ser como ela, será que consegui? Pareço um pouco com ela essa noite, na versão hemisfério Sul, e sem a imensa piteira.

Enfim, não estou de bom humor, apesar da descontração que Dentuço quis provocar me mostrando o adesivo que ele tinha fotografado ontem, sobre o porta-malas de um motoboy: *Filhos de ricos: playboys, filhos de pobres: motoboys*.

Sou uma convidada dessa festa, ele é o presidente do maior banco brasileiro, faz parte de todos os Conselhos de Administração, inclusive do meu, sua mulher é... Não sei o que sua mulher faz, não faz nada, como todas as outras. Achei que a festa iria desanuviar minhas ideias e mal coloquei os pés na casa indecentemente luxuosa desses Rothschilds tropicais revi todos os velhos rostos; estou prestes a dar meia volta quando minha amiga canadense aparece na minha frente.

– Vicky, *honey*! Achei que tivesse engordado trinta quilos pra desaparecer desse jeito, por onde andou? Mas você está sempre maravilhosa, garota. Fez bem em se divorciar do bonitão. Gosto muito dela, a Caterpillar-Girl. A gente se dava bem antes de eu me afastar nesses últimos tempos, sem razão. Senti imediatamente como ela me fez falta, como fui idiota em me isolar.

– E a vida de solteira? Você deve ser cortejada, imagino que seu telefone não para no fim de semana! Bom, falando sério: como você está?

Nós duas não nos conhecemos por acaso. Cat-Girl é uma canadense, filha de camponeses que se tornou advogada, e das melhores, um trator que destruía tudo e todos em sua passagem, ela se vingava da luta de classes no tribunal e do fato de que ela sempre seria filha de *white trash*, apesar de seu sucesso; exatamente como minha outra amiga em Paris, *white trash* francesa, nata de Saboia – não a Saboia dos chiques, Courchevel e Chamonix, não, a Saboia das vacas, feia e consanguínea – que fez curso preparatório e pós-graduação comigo e que era, como eu, mais competente e inteligente e melhor que eles, mas não era *eles*; exatamente como minha outra amiga, eu a chamava de Trinta-e-Três, uma magrebina, uma ignorante, que obteve um *baccalauréat* profissional[2], e que sobrevivia fazendo contabilidade, e certo dia, discutiu

---

2 O *Baccaulauréat* Profissional é um diploma obtido no final do ensino médio. É mais direcionado ao mercado de trabalho e menos valorizado. [N. T.]

com a chefe, não sei por que, mas foi o gatilho que a fez retomar seus estudos, em um curso noturno, na maior dificuldade, levando dez anos pra fazer o que levei cinco, até que as dificuldades não foram tantas porque ela conseguiu e eu a encontrei com 33 anos, no último ano do curso em que ela entrou numa admissão paralela. Eu me lembro como achava uma pessoa de 33 anos velha... Trinta-e-Três, Saboia-das-Vacas e eu, a bastarda, um grande time; quem se parece se junta, nossa frase culta era *Vamos foder com todos eles*, éramos bichos feridos, não estávamos em nosso lugar, não pertencíamos ao mundo *deles*.

Mas ninguém sabia; aparentemente éramos moças gentis, agradáveis, educadas, exemplos de jovens decididas a vencer, trabalhadoras. Esse *Vamos foder com todos eles* era apenas entre nós; mas um dia, em um jantar com umas quinze pessoas, uma dezena *deles* e nós, tudo ficou muito claro – o desprezo de classe, a riqueza nata de suas famílias decadentes, a garantia de ter tido, de ter agora e de ter amanhã – então eu disse em voz alta, assim, *Vê-éfe-cê-tê-ê*, VFCTE, todo mundo me olhou sem entender, eu disfarcei, tudo voltou ao normal, Saboia-das-Vacas e Trinta-e-Três morrendo de rir; rimos muito, eu era engraçada na época, eu ria, por que não rio mais?

Eu alcancei o sucesso, pelo meu trabalho e meus diplomas e também pelo meu casamento, que é apenas a consequência dos dois primeiros sucessos e não o inverso, insisto; eu me casei com um *deles*, o Primeiro-Marido, aristocrata e rebelde sem causa, e subi os degraus, distanciando-me de Trinta-e-Três e Saboia-das-Vacas, abandonando minha pele de bastarda, depois abandonando Primeiro-Marido, sempre mais pra cima, embranquecendo pelo dinheiro, compensando tudo pelo dinheiro, os lugares nos Conselhos de Administração, o poder e ainda mais dinheiro, mais...

Enfim, Cat-Girl decidiu que não tinha que provar mais nada aos 55, então largou tudo, embolsou milhões vendendo parte de sua sociedade no escritório, seu marido fez o mesmo e eles vieram para o Brasil praticar yoga e surf. Parece um clichê, eu sei, toda vez que conto sua história me dizem, mas não é ele que faz surf e ela que se contorce na yoga, os dois fazem os dois, o surf e a yoga, mas são sinceros, e é isso que adoro nos dois, eles foram realmente sinceros no seu papel de predadores capitalistas e agora são realmente sinceros em sua vida brasileira zen. Eles não fazem mais nada, são terrivelmente bronzeados, iluminados e só cuidam deles mesmos, o mundo gira ao redor deles, ela nem mesmo fingiu investir numa ONG como as burguesas de nosso meio; não, não faz nada, pensa nela e somente nela, ela se diverte e não liga pro que os outros pensam, mandou pastar todos que fizeram pressão para que ela tivesse um filho – depois, com a idade avançando, para que ela adotasse um; mas ela nunca quis ter filhos, ainda que adore seus sobrinhos, sobrinhas, afilhada, e ela não finge nada, e é essa força que adoro nela, esse "foda-se" que ela deu à maternidade, e que eu não tive coragem de dar – tendo meus filhos sobretudo, sobretudo antes dos 30 para não parecer desesperada e para que eles não fossem um obstáculo à minha ascensão profissional.

Conversamos, conto minha carreira abortada de escritora, omitindo a crise de pânico, ela gargalha quando conto minhas decepções com Chica da Silva, a escrivaninha sueca moderna que importei, com um motor para subir e descer a bancada, para poder trabalhar sentada, de pé, sentada e de pé, o computador Fórmula 1 que comprei, a heroína que encontrei, e nada de escrever, nada; eu pesquisava e só escrevia merda; Cat-Girl ficou louca ao saber que uma das maiores heroínas negras do Brasil era apenas uma garota bem casada, o anti-feminismo total; nós duas conversamos muito, sobretudo no ano passado, na época do divórcio de um dos casais mais célebres do Rio, ele, empresário, ela, ex-Miss – para não ouvir as más línguas que diziam que ela tinha sido outra coisa antes de ser Miss –, enfim, eles se divorciaram e ele foi depenado como um frango, ela ficou com milhões, como era possível? E ficamos nos perguntando, Cat-Girl e eu que, no entanto, detestávamos o Empresário porque ele era um tubarão sem alma, o que ele podia conversar com a ex-Miss, o que ele teria amado nela além de sua beleza de cair o queixo – a beleza seria tudo? Em todo caso, a Ex-Miss ficou com 50% do bolo, nós ficamos revoltadas, envergonhadas de sermos do mesmo sexo que essas mulheres, que arruinavam nossa reputação de mulheres trabalhadoras cheias da grana, da grana que ganhamos trabalhando duro.

– Quem é aquele?
– Um estrangeiro, acabou de chegar.

Ele parece ter traços negroides, é grande e um pouco corpulento – mas a corpulência é tolerada nos homens, é charmosa, viril, poderosa, enquanto entre nós, mulheres, é inadmissível e vergonhosa.

– Bonitão, hein? Vamos nos aproximar. Tá animado.

Um pequeno grupo tinha se formado, havia um debate acalorado.

– Não, não concordo, isso não é normal!

Esse que fala é o cirurgião que substituiu no coração de nossas celebridades a lenda da cirurgia estética brasileira, cujas mãos começavam a tremer demais para usar o bisturi nas nossas estrelas da TV. É um clichê ambulante, parece o Hugh Grant, bronzeado, dentes fosforescentes e mãos feitas, mechas caramelo, "Isso vai valorizar seu cabelo e ressaltar seus olhos", deve ter lhe dito seu cabeleireiro bajulador, ele poderia passar por um homossexual, mas o safadinho não o é; ele decidiu, nessa estação, usar cores e ostenta calças vermelhas, laranjas, azul Klein, até mesmo ousou uma violeta ametista, que usa com uma eterna camisa branca justa; essa noite, veste uma calça de tafetá furta-cor verde papagaio que molda sua virilha.

Uma taça de champanhe na mão, pois é o álcool que menos engorda, ele exclama:

– Não, não concordo, isso não é normal! Vejam o Joaquim Barbosa, filho de um pedreiro e de uma dona de casa, negro – e não dá pra ser mais negro que ele, hein? – e vejam sua trajetória, porra! Presidente do STF! Ele não precisou de cota pra fazer faculdade, pra ser contratado. Ele trabalhou, fez um bico atrás do outro, ele ralou, porra! Quando a gente é inteligente, ambicioso, é possível ser bem sucedido no Brasil!

– Concordo, as cotas são para aqueles que querem que tudo caia no colo como se devêssemos algo a eles!

Essa que fala é a Galerista-Eco-Chique, socialite e herdeira de uma imensa fortuna. Ela se convenceu de que queria trabalhar com arte; ela tinha convidado o Segundo-Marido e eu para a abertura de sua galeria, imensa, só com tranqueiras, troncos de árvores, flores secas em quadros, arte tribal, alguns troféus de caça – sustentável, é claro.

Ela é muito hábil para esconder seus pequenos defeitos em roupas extremamente bem cortadas – ela tem pouca gordura na verdade, e se esforça todo dia na bicicleta e com sua bola de Pilates –, mas eu sei que seu ponto fraco é o físico de descendente de portugueses triplamente ingrato: baixinha, pernas pequenininhas, e quadris largos, o que a cirurgia estética nunca poderá corrigir, cada vez que vejo suas perninhas penso o quanto a Mãe Natureza é injusta; é mesquinho mas não consigo evitar, uma fragilidade dessas é um prato cheio pra gente como eu, então toda vez que a vejo, digo: "Querida, você está maravilhosa! Você emagreceu, não?" e ela, obviamente lisonjeada por ter emagrecido, mas consciente de que as pessoas sempre se lembram dela como uma gordinha, e isso acaba com ela, e quanto mais dizemos: "Você emagreceu, não?", mais ela sabe que será eternamente a gordinha na cabeça das pessoas, Cat-Girl e eu passamos a história adiante e até colocamos uma terceira amiga no jogo, a dentista libanesa de celebridades; toda vez que vemos a Galerista-Eco-Chique, dizemos: "Você emagreceu, não, querida?" e a imaginamos nua diante de seu grande espelho, observando-se.

– O que eu não suporto de jeito nenhum é essa lenga-lenga de escravidão. É insuportável! Vão usar isso por quanto tempo? Eles não são os únicos que sofreram, aliás! Os italianos, por exemplo, que chegaram ao Brasil no começo do século XIX, morreram de fome, nas plantações de café foram praticamente escravizados, não podemos esquecer...

Essa noite, a Galerista-Eco-Chique usa um vestido vermelho Courrèges dos anos 60, um coque e um delineador à la Bardot, a idiota dos *sixties* é seu novo look? Ela tem um Martini nas mãos, reparo em seu esmalte preto ultra brilhante, reconheço *Little Black Dress Party*, imagino-a prestes a rir explicando a ironia à manicure, usará um vestido vermelho, hahaha, e apressando-se em traduzir, a pobrezinha não fala inglês, não entendeu, ah sim, agora a manicure ri, hahaha, vestido vermelho, *black dress*, você estará radiante, Dona.

– Querida, não! Não dá pra comparar a escravidão com a imigração econômica, ainda que tenha sido assim difícil...

Esse é seu marido, presidente de uma empresa de construção civil concorrida, mas sempre com problemas em suas construções, atrasos nas entregas, infiltrações de água, em degradação acelerada, todo mundo sabe que ele se arranja com os construtores e que faz cortes nos materiais para fazer pequenas economias, como se não estivesse com os bolsos cheios. No entanto, construiu sem nenhum defeito a chácara de um político nacional, no mais puro *Californian style*, de um mau gosto falsamente mexicano, muito em voga entre a elite do país.

– Bom, e os Judeus? E os Judeus, hein? O Shoah e a escravidão são comparáveis?

– Ela tem razão! Meu pai chegou ao Brasil em 1946. Era um sobrevivente dos campos de concentração, chegou com

a roupa do corpo e nada mais. Não falava uma palavra de português, não tinha estudado pois estava nos campos na idade de frequentar a escola, toda sua família foi deportada – e vocês sabem tudo que ele conseguiu! Esse é o Édouard Leclerc[3] brasileiro, cem vezes mais rico e cem vezes menos humanista cristão.
– Por que eles teriam direito a cotas? Cotas nas universidades e agora na administração pública, nas empresas e tudo o mais? Meu pai não teve!
– Pra começar, para que cotas já que as provas são anônimas? O que vale são as notas, as notas! Se o professor dá 8/20, é porque merecem 8/20, puxa vida! Por que admiti-los sem a nota justa? Por que são negros? Que trabalhem pra merecer boas notas, gente! Ah, não reconheço mais meu país...

O Rei-da-Soja, é assim que a imprensa o chama, é proprietário de dezenas de milhares de hectares, onde produz cana de açúcar, soja, enfim, ele é de longe um dos principais responsáveis pelo desflorestamento da Amazônia; o tipo de fazendeiro que sobrevoa suas terras de helicóptero ou bimotor; também soube que ele possui igualmente não sei quantas dezenas de milhares de coqueiros, é mesmo? As águas de coco que bebemos na praia de Ipanema, "São dele, *ma chérie*", e também tem dezenas de milhares de cabeças de gado, o tipo de rebanho que faz com que os vaqueiros fiquem na entrada do curral para contar os bois com o cronômetro, é assim que verificam se falta algum, dentro das dezenas; a terra, a terra é a riqueza, a terra te faz poderoso no Brasil, não surpreende que os homens lutem tanto por ela, não se diz por aí que a terra do Brasil foi fertilizada por todo o sangue derramado?

---

3 Empresário francês proprietário de uma grande rede de supermercados. Leclerc também é conhecido por seu posicionamento cristão. [N.T.]

– E por que cotas nas empresas? Primeiro eles conseguiram o diploma por causa das cotas, e agora conseguirão trabalho por causa das cotas? Damos tudo de mão beijada a eles, tudo... Eles não precisam provar nada em nenhum lugar, caramba! Talvez pudéssemos lhes dizer: "Bom, amigos, graças às cotas vocês têm o mesmo diploma que nós. Estamos quites, em pé de igualdade, agora é cada um por si, cabe a vocês provar seu valor". Mas não! Agora vão me obrigar a contratar 5, 10, 15 % dos meus empregados entre os Negros?

– É como essas cotas no cinema... Outro dia estava vendo um filme de época e deram o papel de um cavalheiro shakespeariano a um Negro. Ah! Era tão ridículo que nem assisti até o fim!

Essa é uma ex-Miss.

– *Anyway*, e se me permitem, vocês estão numa bela encrenca.

É o novato em quem tinha reparado que acaba de intervir. Ele fala em inglês – todo mundo entende, os que ganham dinheiro estudaram nos Estados Unidos, as que não ganham passam as férias lá para gastá-lo.

-Você esperou demais.

Quem é esse tipo, faz o quê, vem de onde? Ele tem uma voz grave, uma presença imponente, o palavrório se interrompe e todo mundo presta atenção. O prestigiado sotaque americano marca presença.

– Todos vocês ficaram paranoicos, os Brancos e os Negros. O menor gesto se torna suspeito não importa o que façam. Quando não há Negros numa propaganda, os Negros reclamam. Quando há um Negro, também reclamam – não está bom assim, não está bom assado.

– Exatamente! Concordo totalmente, apoia a Galerista-Eco-Chique.

– Se é uma propaganda para uma marca de esporte, reclamam do clichê do Negro esportista. Não é intelectual o

suficiente. Se é um intelectual, reclamam da falta de credibilidade: "Ele está aí para preencher as cotas". Se é uma propaganda de cosméticos, reclamam que seja sempre para produtos baratos, frequentemente à base de baunilha – nunca para uma marca de luxo. Sempre perguntam: por que esse Negro aqui? Por que esse Negro com uma Branca, porque ele é rico? Por que esse Negro com uma Negra, porque ele é pobre?
– E-xa-ta-men-te.
A Galerista se exalta.
– E com essa história de cotas, vocês estão ainda mais encrencados. Quando um Negro estiver em um alto posto, suspeitarão do fato dele estar lá apenas por causa das cotas, e não pela sua competência. Uma eterna suspeita rondará, daqui pra frente, a competência dos Negros no plano profissional... Reconheço que as cotas são, certamente, muito necessárias em seu país. Mas elas são traiçoeiras.

Murmúrios dos convidados, o Estrangeiro conseguiu perturbar os privilegiados. Ele chama o garçom rapidamente e pega três, quatro *petit fours*, coloca um na boca, prepara-se para o segundo, mostrando-se à vontade, me observando.

– E você, Vicky, o que acha?
Não, por favor, Galerista...
– Sim, e você, Vicky, o que acha?
Esse é o Estrangeiro, que retoma com um tom gozador a questão da Galerista, olhando diretamente nos meus olhos – bem que eu tinha percebido que ele me olhava, no meio dos outros.

– Posso passar essa?
Gargalhadas: "Vamos, não seja tímida, Vicky!"; murmúrios: "A Victoria é espertinha demais pra dizer o que pensa..."
Ali eu reconheci e ouvi muito bem a voz do safado do Hugh--Grant.
A Galerista insiste:

– Olhem, gente! Vocês não acham que a Vicky é a melhor pessoa pra opinar? Olhem só! Victoria deve ser a executiva mais bem paga do Brasil, não é? E você não nasceu em berço de ouro, não é? Não é? E na sua época – não estou dizendo que seja velha, querida, hahaha –, as cotas não existiam! E, no entanto, você estudou, subiu os degraus sozinha; se está onde está, é apenas por seus esforços, não é?

A Galerista tem a impressão de me agradar, ter entre seus amigos uma Negra que chegou sozinha ao topo da pirâmide funciona como um autoelogio.

– Bem, meu caso é diferente... Fui educada na França, lá o sistema de educação não é o mesmo, a escola pública é de qualidade, acho que a discriminação...

– Caramba, Vicky! Não seja tão modesta! Você não roubou sua vitória! Você não teve pai e sua mãe te criou sozinha, ainda por cima! Me desculpe, mas você conhece quantas Negras criadas por mãe solteira que estão onde você está?

Filha da puta.

O que quer que façamos, sempre voltamos ao que somos, e não ao que queríamos ser ou ao que nos tornamos.

É isso que se chama de armadilha de cristal?

Tatu

Eu tinha conseguido escapar do lamaçal no qual a Galerista quis me afogar, o debate tinha continuado sem mim, a aproximação com o Estrangeiro foi bem sucedida, estávamos sozinhos no meio de convidados que pareciam ter nos esquecido, ele se apresentou, me disse "Encantado", ele estava contente por eu ter participado do debate, disse isso com um pequeno sorriso, ele não era bobo, "Todo mundo fica agitado, argumenta, discute – e volta pra casa mais convicto de ter razão", mas ele estava feliz por eu não ter virado as costas fingindo não tê-lo visto ou ouvido, "Eu realmente falei alto", e ele sorriu.

Um sedutor teria acrescentado que o fato de eu virar as costas não o teria desagradado, ele diria isso sorrindo maliciosamente, insinuando que me observaria com gosto por trás, esse povo é obcecado por uma bunda, os homens brasileiros são capazes de descrever a bunda de uma mulher nos mínimos detalhes, mas não se lembram da cor de seus olhos.

Mas o Estrangeiro, até o dia em que me despiu, agiu como se meu corpo não tivesse importância, não fez nenhuma observação, nenhum elogio, a ponto de abalar minha confiança nesse corpo perfeito que idolatro, ele só me olhava nos olhos, ou em um ponto atrás de meus ombros, nenhum outro lugar; uma noite em que devia encontrá-lo num restaurante, tive vontade de usar meu vestido *fourreau* – aquele que valoriza tanto as minhas pernas – mas com botas de neve nos pés, para ver se ele notaria.

* * *

O dia em que me viu nua pela primeira vez foi depois que fizemos amor pela primeira vez, a maioria dos brasileiros não se deixa surpreender assim, como me contou rindo o Segundo-Marido, "O que você acha? É claro que quis ir à praia para ver seu corpinho tão perfeito antes... O teste foi conclusivo, eu até acrescentaria *com os cumprimentos do júri...*" Os brasileiros não querem ser surpreendidos, uma roupa bem cortada ou uma lingerie modeladora pode esconder formas ou consistências inconfessáveis; na praia, último teste antes da cama, a celulite, os pneuzinhos e os defeitos de pele são impossíveis de se esconder.

Enfim, naquela manhã, fui buscar dois copos de água aromatizada de pepino – sempre tenho uma jarra cheia na geladeira – e voltei para perto dele, nua, segurando os copos entre as mãos embelezadas pelo meu mítico *Yes We Can*; devo confessar que a performance foi calculada e funcionou muito bem; foi a primeira vez que ele não me olhou nem nos olhos, nem por trás dos ombros, ele me olhou sem pudor enquanto eu ia para a cama, por toda parte exceto nos olhos, sem perder uma migalha, sem disfarçar.

– Tatu.
– Como?
– Você me lembra um tatu. Com sua carapaça, sua armadura de escamas, sua maneira de se enrolar sobre si mesma para se tornar uma bola compacta, impossível de abrir, de incomodar, de penetrar...
– Algumas pessoas me chamam de Porco-Espinho, tenho meus espinhos...

– Pensei nisso. Mas mesmo domando um porco-espinho não é possível acariciá-lo. Um tatu, sim.
– E você quer me acariciar?
– Me sinto tentado.
Depois de um curto silêncio, também calculado, avancei:
– E você quer me domar?
– Me sinto tentado.

Titia-Doce

Eu me sinto melhor, diferente, em construção, ainda sem saber muito o que construí, mas sinto que é um novo Eu.

Eu frequento os saraus o quanto minha agenda permite, revi Vovô-Samba, seu terno branco e seus sorrisos charmosos, revi minha vizinha distribuidora de leques e lenços salvadores, ela é um amor, no fim do sarau, ela me disse: "Espero que volte na semana que vem". Ela é um doce, como dizem por aqui; enfim, Titia-Doce lembrou-se de mim, me fez sinal de longe, convidou-me para sentar perto dela, conversamos, não esperava esse tipo de conversa, ela me perguntou novamente se eu era uma amante dos livros, respondi que sim; o que eu estava lendo neste momento? De quais autores gostava? Fazia um bom tempo que eu não tinha esse tipo de conversa com alguém, com as brasileiras a gente só fala de compras, e com as francesas? Mesmo as francesas super cultas só falam das séries que passam neste canal que põe tudo à disposição por uma mensalidade irrisória, quanto aos livros, os dois grandes prêmios literários nacionais são os dois livros por ano que elas se esforçam pra ler pra causar uma boa impressão e também porque, a família, na ausência de ideias, dá de presente de Natal; enfim, quando ela me perguntou de quais autores gostava, dessa vez eu pensei e disse:

– Toni Morrison.
– Não me diz nada...
– É uma afro-americana que ganhou o prêmio Nobel...
– Ah, sim, eu me lembro... Sim, agora sim, me lembro! Uma amiga me recomendou, vou ler em breve, está na minha lista.

Mas conversando com a Titia-Doce me dei conta de que precisava renovar minha cultura literária: citei grandes nomes que adoro, mas só dinossauros, Dosto, Zola, Dumas, Céline – ah, sim! Entre os contemporâneos, aquele neurótico de cabelo ensebado e de uma feiura caricatural, gostei muito de seus primeiros romances, seu humor mordaz – mas ela não o conhece, confessou-me.

– Eu sou franco-brasileira, expliquei como justificativa.
– É mesmo? Ela perguntou, admirada.
– Sim, sim, é verdade, respondi. De Paris.
– Paris?

Eu poderia ter feito uma observação bem sincera sobre o mito de Paris e, como para todos os mitos, sobre a realidade que se esconde por trás dele, mas quis deixá-la com seus sonhos; além disso, ela continuou:

– Se eu devesse ler apenas um dos seus franceses, qual você recomendaria? E uma mulher, de preferência...

Eu respondi que iria pensar e que diria a ela na próxima vez em que nos víssemos, "É uma resposta cheia de responsabilidade", disse sorrindo, subitamente enternecida por essa mulherzinha feminista que se ignora; eu devolvi a questão, e ela me deu a mesma resposta, sorrindo, com cumplicidade.

* * *

"Não escrevo para me mostrar
Escrevo para do povo Negro falar
Negro e resistente

Pela História esquecido
Herói sem espelho
Do tempo sobrevivente...
A solitude
Da negritude"

(*Aplausos*)

Eu também pensei nessa rima; é engraçado, esse povo que ama a poesia, que ama contar histórias em versos, em rimas, a poesia no Brasil é realmente uma arte popular, Titia-Doce me explica que a tradição poética dos brasileiros não é nova, vem de longe, da literatura de cordel, que permitia que as histórias se transmitissem apesar do analfabetismo.

Imagino a mesma cena na França: um agrupamento de trabalhadores, estudantes, aposentados, que declamam poesia, que a democratizam, que a popularizam, que fazem com que ela desça de seu palco elitista para colocá-la na rua, que simbolismo!

Eu nunca me senti tão tocada por um movimento artístico, nunca senti as emoções que sinto no sarau, nunca tive esse aperto no peito contemplando um quadro ou uma estátua; a literatura é meu negócio – ah, sim, talvez também a ópera, um ano, em Paris, fiz uma assinatura e ia sozinha, de propósito, pra poder enxugar os olhos e assoar o nariz escondida; sim, naquele ano senti emoções à altura da ópera, desmedidas.

* * *

Vejo Titia-Doce regularmente – até mesmo trocamos livros, fiquei emocionada na primeira vez em que ela chegou dizendo "Você me devolve da próxima vez, meu coração. É um livro muito especial, leia". Foi escrito por uma mulher negra de idade avançada, imponente, cujos cabelos black formam um halo branco, "É uma das nossas, uma guerreira, ela fala de nós", *nós*, sempre esse *nós*, me pergunto que realidade há por trás desse *nós*, mas ele não me choca tanto quanto antes...

Enfim, suspeito que no sarau começam a falar de mim, Dentuço, esse tagarela incorrigível, que no começo me esperava fechado dentro do carro, agora passa as duas horas do sarau do lado de fora, bebericando uma cerveja sem álcool, conversa com todo mundo, oferecendo o espetáculo de sua dentição a todo bairro, até mesmo o vi enfiar a cabeça na fresta da porta pra ouvir, sei que ele jamais dirá quem sou e onde moro, pois seria demitido, mas todo sarau sabe que sou a mulher do 4×4 britânico blindado com motorista, e estou convencida de que todos pensam que o dinheiro é de meu marido, que sou a mulher de um ricaço – uma mulher gostosa como eu certamente achou um milionário, um clichê machista que ainda persiste nesse país, uma mulher com dinheiro só deve tê-lo graças a seu marido.

Fui a outros saraus também no Rio de Janeiro, que frequento bastante, Rio e São Paulo são cidades gêmeas, uma não pode viver sem a outra, os paulistas vão pra lá passar o dia, pegam o avião como os franceses pegam o TGV, eu marco meus compromissos lá na sexta pra ficar um pouco do sábado, aproveitar o calor e, ao mesmo tempo, lisonjear minha vaidade na praia.

Venenosa

Vovô-Samba me recebe na entrada, "Olá, minha linda! Você não consegue ficar sem nós?", Titia-Doce não está lá essa noite, deve ter um bom motivo pra explicar sua ausência; reconheço alguns rostos, cumprimento algumas pessoas, me sento sozinha e enfio a cara nos meus e-mails, o dia foi complicado, sei que alguém fala pelas minhas costas no Conselho de Administração e não consigo descobrir quem é a putinha, certamente é um homem porque sou a única mulher, certamente é um Branco porque sou a única Negra; eles sonham em tomar meu lugar, aguardam meu primeiro erro, mas até agora, não cometi nenhum, ou talvez um, na semana passada, por isso minhas orelhas ardem, as raposas estão na minha cola, os urubus voam em círculos acima de minha cabeça, canalhas, bando de canalhas!
– Senhora?
Levanto os olhos do meu telefone.
– Sim?
– Você é uma celebridade?
–... Uma celebridade?
A criança na minha frente tem uma cara redonda, uma barriga redonda, pernas redondas, que barrilzinho! oito anos e já deformada pela Coca-Cola, olho ao redor, uma mulher sorri pra mim de longe, a pirralha deve ser dela; não entendi, o que ela quer?

– Sim, uma celebridade... Você é bonita, tem cabelos bonitos, roupas bonitas, é rica, minha mãe disse que você tem um motorista e um carro grande. Você é uma celebridade da TV? Posso tirar uma *selfie*? Ela pergunta pegando seu telefone celular.

Eu a observo por alguns segundos, sorrio, minha cabeça está a milhão, idiotinha, uma mulher bonita e rica tem que ser uma celebridade da TV? Você nem a conhece e quer tirar uma *selfie* com ela? Pra que ter uma foto de uma celebridade desconhecida em sua bosta de telefone? Que imagem da mulher, que merda, que imagem, puta-merda! Não se pode ser bonita e profissional, não se pode ser rica e profissional, sempre há o *star-system* no meio? Estou chateada, e olha só uma coisa: você não será nem bonita, nem rica, nem celebridade, nem presidente executiva, você não será ninguém, entendeu?

Eu dei um belo sorriso, nervoso, mostrando todos os meus dentes bem alinhados, bem brancos, admire, menina.

– Não.

Mas Vovô-Samba pegou o microfone bem nesse momento, "Testando, testando", todo mundo sentou em seu lugar, a Bolinho-de-Colesterol também, a contragosto, sem deixar de me observar com seus olhos brilhantes de uma curiosidade não saciada.

Não sou um modelo, cai fora, não quero ser um modelo para as menininhas negras como você ou um modelo para as Negras como suas vizinhas, ou como qualquer outra, não quero visitar sua escola ou erigir minha trajetória como exemplo, viu? Não tenho generosidade suficiente pra isso, não estou nem aí, nem pra você, nem pros outros, apenas pra mim, Eu, Eu, Eu! Só penso em mim, só cuido de mim, só me importo comigo mesma, e acredite, já é muita coisa.

* * *

Essa pirralha arruinou meu sarau.
Fui embora antes do fim.

* * *

Dark Day Dark Mood, o nome de meu esmalte, cinza concreto, não deveria ter escolhido esse, sou má, com certeza tenho espinhos, sou indomável, Venenosa, Venenosa, é isso que sou. Como reparar? Embora não haja grande coisa a reparar, felizmente fechei minha boca, com um pouco de sorte Bolinho-de-Colesterol me perdoará, ela acreditará que fomos interrompidas por Vovô-Samba, preciso revê-la, explicar-lhe, dizer-lhe: seja alguém, seja o que quiser, suas possibilidades são ilimitadas; preciso te mostrar tudo que pode fazer, tudo que deve fazer, ser mulher não é um obstáculo, não será um obstáculo, você não precisará se destacar através dos estereótipos da feminilidade, sua geração será diferente, a próxima geração de mulheres de poder recusará os clichês de gênero e raça; você é a mulher do futuro, não fique como eu, uma árvore seca, seja generosa...

Mas nesse momento a menina não está aqui, e como eu faço pra dormir? Vou enviar um cheque para uma ONG, uma ONG que favorece a ascensão profissional das mulheres, se é que esse tipo de ONG existe; enfim, isso não me ajuda, e agora, como que eu faço para dormir? Esse tipo de situação pode facilmente dar errado, quando faço mal aos outros, acabo fazendo mal a mim mesma; e vice-versa; é isso, estou indo, estou viajando, minha mandíbula abre, se crispa, meus dedos... preciso agarrar, apertar alguma coisa, meu couro cabeludo coça, isso me dá coceira, ahhhh! Eu fecho o punho, fecho o punho, pressiono as juntas com meus dentes, com força, mas não me mordo, ainda não, quase...

Lembre-se das ferramentas. Como se faz, como eu faço, como faço, merda?

O Estrangeiro atende no segundo toque:
- Olá, minha Tatu.
- Olá.
- Tudo bem?
- Tudo bem. Que tal uma corrida?
- Agora?
- Agora.
- Ah... Estou errado ou é meia-noite?
- E daí?
...
- Me espere. Estou indo.

Ghetto-Girl

– Você precisava ver, porra, eles estavam armados até os dentes, esse país tá louco, porra, eu paro pra tomar um Frappuccino e sou sequestrado, merda, se-ques-tra-do!
Segundo-Marido foi sequestrado, tudo aconteceu em duas horas no máximo, ele teve que dar seus cartões de crédito, tiraram tudo que podiam e largaram-no.
– Estou preocupado com você também, tenho certeza que também te observaram, porra... Eles sabiam todos os meus hábitos, juro, merda... Que país é esse onde qualquer fracassado pode ter uma arma? Essa arma vem de onde, onde ele comprou, porra? Vi o cano da arma, por onde a bala sai, juro, vi esse grande buraco negro, bem na minha cara, merda, essa história me deixa louco, amor, me deixa louco... A gente tem que se mandar daqui, juro...
E foi ele quem me apelidou maldosamente de Porco-Espinho, mas curiosamente, é no Porco-Espinho que ele vem buscar conforto, acho que a linda bonequinha sem espinhos que ele encontrou pra tapar o buraco de minha ausência não tem o ombro tão amigo, quando ele pronunciou esse *amor*, se jogou nos meus braços, nos meus seios na verdade, murmurando "Merda, merda, merda, que loucura", eu acariciei seus cabelos, nunca fui muito boa consolando, sobretudo nesse momento em que não o suporto, como pude passar

tanto tempo com esse babaca, mas ele está em choque, precisa de conforto, eu faço o que posso, dizendo que é o dinheiro que interessa a esses bandidos e que eles conseguiram o que queriam, então não havia mais por que ter medo.

– Não, eles vão voltar... Eles vão querer mais... Me disseram que uma vez mataram um cara que não tinha o suficiente na conta, merda, mataram-no em frente ao caixa eletrônico porque o cara não podia tirar mais de 200 reais ou sei lá quanto, a vida não vale nada pra eles, merda, minha vida valeu 10000 reais dessa vez...

Então pra ele, pra mim e pra todos os nossos amigos implementam procedimentos reforçados de segurança, guarda-costas suplementares, festas e restaurantes escolhidos a dedo, saraus proibidos. No iate clube só se fala disso, todo mundo tem sua historinha, sou encurralada no vestiário por essa antiga apresentadora de TV, regularmente eleita, apesar de seus liftings catastróficos, uma das mulheres mais chiques do Brasil.

– Querida, tudo bem, ainda em estado de choque? São Paulo tornou-se inabitável, como o Rio! O que é preciso fazer pra viver em paz, meu Deus, já não bastou ter um Presidente que deu milhões a eles, construiu bibliotecas, escolas, que ofereceu até ingressos de cinema, você sabia, né? Ele distribuiu vales-cultura, *ma chérie*, "para favorecer a aquisição de bens culturais" – você acha que eles correram para as livrarias e museus ou que apoiaram o cinema nacional? Claro que não, eles correram para ver *O incrível Hulk* e todas essas idiotices hollywoodianas, isso sim! E se encheram de pipoca, esses animais!

Anne-Sinclair[4] ajeita com um gesto brusco seus generosos seios siliconados em seu top azul bordado que ressalta diabolicamente seus olhos.

---

4 Anne Sinclair é uma jornalista e entrevistadora que ficou bastante conhecida na TV francesa, especialmente nos anos 1990. [N. T.]

– Querido, você está com uma cara ótima, já estou indo, um minuto! Ela grita de longe mandando um beijo a Hugh-Grant com a mão.

Ela respira ruidosamente pelo nariz, com a boca fechada, e continua em um tom de desespero:

– Eles não vão mudar nunca, você sabe, querida, às vezes me pergunto se não é genético – sei que é super politicamente incorreto dizer isso...

Ela começa a falar mais baixo:

– Mas me pergunto se não está em seu sangue – famílias inteiras de criminosos! Temos que nos perguntar, eles são irrecuperáveis, não tem como reinserir... Ah, tenho vontade de mandar alguém fazer uma limpa geral nas ruas... O pior é que se a gente faz uma limpa na nossa rua não é suficiente, tentamos viver fechados, mas é impossível, seria preciso uma limpa na cidade toda pra viver em paz! É sobre nós, mais uma vez que recai a gestão desse país! Ei, querida, tudo bem? Seu vestido está escandalosamente magnífico, amor, me diga onde... Já estou indo, dois segundos!

Tento escapar, geralmente consigo facilmente, anos de prática, mas Anne-Sinclair é mais forte que eu:

– Emprego, somos nós, impostos, somos nós, e agora precisamos comandar a segurança, a polícia... Eles passam seu tempo nos criticando, blábláblá, os ricos são a causa de todo mal, mas no menor problema, hein, é pra gente que eles vêm choramingar!

Ela faz uma curta pausa e se aproxima ainda mais de mim, ela agarra meu braço, tenho horror desse contato físico imposto, e murmura em um tom de confidência:

– Em todo caso, se nós assumirmos o papel da polícia, realmente da polícia, olha só, as coisas vão mudar, isso eu garanto! A gente monta um exército, recruta umas *Special Ops*, *Delta Forces*, ex-BOPE, super-homens e acabamos com esses tiras corruptos – talvez eles sejam os principais criminosos, de

qualquer forma, não confio neles por nada nesse mundo, você sabe que no bairro a gente dá uma grana generosa por baixo do pano, né? Sim, juro, a gente dá um envelope bem gordo toda semana... E por que a gente faz isso, hein? Eles não fazem nada, todo bairro recorre a empresas privadas, então por quê? Quer saber? Vou te contar. A gente dá um envelope...
E nesse momento Anne-Sinclair articulou bem cada uma de suas palavras, estatelando seus olhos azul-oceano:
– Para que eles nos deixem em paz. Porque se a gente não dá o envelope... E aí meu segurança – foi com meu segurança que conversei a respeito – ficou quieto, mas era um silêncio cheio de subentendidos, um silêncio que significava que teríamos problemas – sim, problemas com a polícia se a gente não subornasse, você acredita? O mundo está de cabeça pra baixo, não sei mais o que fazer, acho que vou viver no exterior, nos Estados Unidos ou na Europa, ainda que agora, mesmo em Paris – a magnífica, a romântica Paris! – não estejamos seguros em nenhum lugar com..
Eu ainda a deixo falar alguns instantes, coloco-a no modo silencioso, imagens sem som, só vejo sua boca, gosto muito do vermelho grená de seu batom, ressalta o branco de seus dentes, estou sonhando ou...? Não! Sim, é isso, ela tem um aparelho dentário invisível – Anne-Sinclair tem preocupações ortodônticas! Só vejo isso e não consigo tirar os olhos, não estou sendo muito discreta, ouço de longe a voz do Segundo-Marido, que me tira de meu torpor:
– Vocês tinham que ver, porra, eles estavam armados até os dentes, esse país tá louco, porra, eu paro pra tomar um Frappuccino e sou sequestrado, merda, SE-QUES-TRA-DO! Eles eram super organizados, um carro me esperava atrás, merda, fazia semanas que me observavam, eles sabiam tudo, juro, que país de merda, vou me mandar daqui...
Enfim, liberto-me de Anne-Sinclair, aproximo-me do Segundo-Marido, mas começo a decorar sua história, ele

conta, eu conto, os outros contam, enquanto ele fala sobre seu sequestro-relâmpago e nossos amigos ficam atentos e indignados, eu penso no Ghetto-Boy – descobri-o nas minhas pesquisas na internet e compras livrescas compulsivas, ao lado da literatura marginal afro-americana, descobri a literatura marginal brasileira, ligada aos movimentos dos saraus, e Ghetto-Boy é um líder, um dos pioneiros dessa "literatura feita pelos excluídos para os excluídos", como eles a proclamam.

Penso no Ghetto-Boy essa noite, porque ele escreveu bastante sobre assaltos, sequestros, colocando-se no lugar de um assaltante.

Então mudo novamente de modo, dessa vez coloco-me no modo Ghetto-Girl, estou na cabeça de Ghetto-Girl, sou Ghetto-Girl.

Vejo o Seu Babaca comprando um Frappuccino todos os dias. Então, muito logicamente, penso que o Seu Babaca vai ter que pagar.

* * *

Algumas horas de preparação no máximo, divididas em duas semanas graças a uma dica que um morador me passou sem saber, pois essa é a regra básica do bandido do gueto: sempre ficar com os ouvidos abertos. Conversando no bar da esquina, um vizinho inocentemente me contou que onde sua namorada trabalha, tem um cara cheio da grana e todo certinho, sempre impecável, que nem um cara de propaganda de TV, com um cabelo que nem existe na vida real.

– Se a minha mina não fosse tão feia se atirava em cima dele, claro, diz o Cachaceiro dando risada. Mas ela é tão feia, cara, que nem sonha com isso.

Por que fica com ela se é tão feia, palhaço? Não achou uma melhorzinha, não, cuzão? Enfim, o Cachaceiro continua, o barão é super *clean*, engravatado, cabelo bem repartido de lado, sapato de couro, relógio grande, toma seu café todo dia na mesma hora, deve ter muita grana, porque tem um motorista que fica esperando do lado de fora e dá pra ver muito bem que o carro é blindado.

– Ah, é? Ricaço mão de vaca, tenho certeza que só toma um café!

– Como?

– Ele compra quantos cafés, toda manhã, segundo sua mina?

– Não sei não!... Um? Mas pode ter certeza que põe todos os complementos, hein, chantilly e tudo o mais...

– Que rato! É muito mão de vaca pra oferecer um ao motorista! Pois é, cara, os ricaços são uns canalhas...

Mas a informação não caiu nos ouvidos de uma imbecil, então com três parceiros, fazendo um revezamento, montamos a rotina do ricaço. No começo, ficamos de manhã no famoso Café Americano pra ver aonde ele ia, em seguida de onde vinha e finalmente quem era.

Dos grandes.

Tô certa, no entanto, que todos seus amigos o desaconselharam a manter a mesma rotina e os mesmos caminhos, mas ali está ele, de manhãzinha, entrando na academia, surpreendente que um ricaço desse nível não tenha um *personal trainer*, vi reportagens na TV, eu achava que todos eles tinham, que estava na moda, mas o *playboy* deve gostar de se mostrar, apertar mãos, dar beijinhos; ou pode ser um tarado, que gosta de ver os traseiros das meninas nas bicicletas.

Naquela manhã, então, ele entra na sua academia ultrasseleta e discreta, sem letreiro na porta, pra que bandidinhas como eu passem na frente sem perceber, mas isso é nos subestimar, seus filhos da puta, e ainda por cima eu conheço uma tia do bairro que faz faxina lá, fico sabendo por acaso, ela até me disse que o prédio tem um heliporto no teto, mas ele, seja porque não tem condições de viajar de helicóptero, seja porque prefira o blindado, o covarde deve ter medo de helicóptero – observação, eu também teria.

O ricaço chega entre 6:30 e 7:00 horas e parte de banho tomado e vestido às 8:00, todas as manhãs exceto as quartas e fins de semana. Rapidamente combinamos entre nós: vai acontecer ou na academia ou no Café Americano; mas não temos muito tempo e temos uma necessidade urgente de grana, então vamos organizar isso rapidinho; é uma pena pois eu teria armado um negócio maior, um sequestro de verdade com pedido de resgate, porque esse cara aí, ele vale milhões, poderia ser o golpe de nossa vida, mas os outros só pensam a curto prazo, então calei a boca.

Em meu carro, um pouco mais longe, eu o imagino naquela manhã suando na bicicleta, ou será que ele usa o remador? Ou corre na esteira? Eu me pergunto quanto tempo programou, 40 minutos? Modo cardio, certamente, o cara é bonitão, quer queimar calorias, pra aproveitar melhor todos os dias no restaurante, mesmo que seja um viadinho que só come salada e abobrinha no vapor, tenho certeza. Que raiva, porra, ir a um restaurante pra comer abobrinha no vapor!

Imagino a cena, muita gente em torno dele, os *habitués*, "querido, tudo bem?", acenos, gracejos, "querida, tudo bem?", abrindo um sorriso Colgate; os ricaços, meu Deus, tem esses dentes, devem ter usado aparelho toda a porra da adolescência. Quem faz parte dessa academia? Advogados, certamente, racinha suja, uma velha advogada, um jovem advogado, um dentista, aquele que clareia seus dentes? Americanos? Sim, claro, imagino um Americano grandão, obeso, transpirando na bicicleta com sua toalhinha em volta do pescoço, eles combinaram de almoçar juntos qualquer dia, o Americano veio ao Brasil pra fazer negócios, ganhar dólares.

Oito horas, com uma pontualidade britânica, o ricaço sai do estacionamento da academia, ele está na frente, ao lado do motorista, sigo seu 4×4, os parceiros já estão lá, através do vidro escuro, distingo-o vagamente no telefone – e pronto, capturado pela própria rotina, queridinho. Seu Babaca para pra comprar seu Frappuccino, é seu pequeno prazer depois do esporte, esse ricaço deve ter estudado nos States, talvez até morado alguns anos lá, eu gostaria de conhecer, Miami, Nova York, L.A., esse Frappuccino em um copo branco deve fazer com que se lembre de sua juventude dourada nos Estados Unidos da América, a boa vida que ele tinha nessa época, imagino, a América é um paraíso pra quem tem grana, mas por que ele voltou pra cá quando podia ficar lá? Em todo caso, sempre me pergunto o que tem nesse cafezinho pra que tomem nesses copos enormes, deve ter meio litro lá dentro, eles devem mijar o resto da manhã, o motorista do ricaço estaciona em fila dupla e acende o pisca, eu o ultrapasso rapidamente, faço a volta no quarteirão pra estacionar em frente à porta que fica atrás do Café Americano, refinamos nossos pontos estratégicos.

Não há muita gente no café, eu diria que nunca há muita gente lá dentro, tenho que dizer também que eles abusam nos preços, bando de ladrões, fui lá fazer um reconhecimento, mas não consumi nada, fingi que estava esperando alguém que não apareceu, olhei o menu – Frappuccino e companhia, nomes impronunciáveis – e ainda por cima dez vezes mais caro que o preço de um pingado normal, percebo que são bons, mas caramba! Também não dá pra ser idiota, né? São 8:10 e, como previsto, os camaradas estão quase sozinhos no café enquanto os espero no carro, motor ligado, pronto pra decolar.

Imagino a cena.

– Silêncio!

Parceiro-1 se posicionou na frente da porta e observa discretamente se não há nenhum perigo lá fora, um tira à espreita, por exemplo, Parceiro-2 e Parceiro-3 se aproximam do ricaço, cercam-no sem que ele perceba e tiram suas armas, bum! assim. Sem necessidade de máscaras, meias na cabeça, isso é coisa pra filme americano e nunca entendi muito o porquê. Os barões nunca se lembram da sua cara, ficam aterrorizados, têm outra coisa pra pensar além de observar a forma de seu queixo, a distância de seus olhos, os implantes de seus cabelos e dentes. Eles se lembram vagamente da cor de sua pele, de seus cabelos estragados, de suas roupas. E como no meu bairro todos temos a mesma cor de pele, os mesmos cabelos estragados e as roupas parecidas, não há com o que se preocupar.

Espero no carro, mas visualizo muito bem a cena por ter sido dezenas de vezes aquela que segura a arma, mas estou nervosa, parto rapidamente e agora tomo distância. É só dizer "silêncio" e todo mundo começa a gritar, antes mesmo de dizermos do que se trata todo mundo se abaixa, se deita no chão, é a força do hábito, um sequestro a cada cinco horas em São Paulo, ouvi isso na TV, os paulistas aprenderam a ser obedientes pra salvar a vida, porque sabem que a coisa pode fugir do controle muito rápido, meus parceiros e eu, no fim das contas, não temos nada a perder, a não ser a vida, e não tenho certeza que tenhamos tanto medo de perdê-la; enfim, em todo caso, não é atrás desses palhaços que estamos, mesmo que essa região me pareça um verdadeiro covil de gente rica e que eu queira voltar, mas hoje, é atrás dele que estamos, do ricaço de unhas feitas que tem uma fraqueza por Frappuccinos e que, na entrada, cumprimentou a garçonete no caixa como se fosse sua namorada, "Olá, Cyntia, tudo bem?", coitada, se deixa levar por uma falsa familiaridade, mas é tudo fachada, negrinha, cê não vê? Ele te cumprimenta, sorri, te chama pelo nome que leu discretamente no seu crachá, poderia até te comer rapidinho, mas por trás, ele te despreza, ele te paga menos e milita pelo controle de natalidade porque os favelados se reproduzem muito e os filhos dos favelados são criminosos em potencial.

– Não se mexe, cala a boca e sua vida tá salva. Se se mexer, te mato, tá ligado?

O ricaço não se mexe, fecha a boca e salva sua vida; os dois parceiros o imobilizam por trás, tivemos medo que o playboy fizesse jiu-jítsu ou uma besteira dessas, mas ele é dócil como um carneirinho. Parceiro-2 passa um braço ao redor de seu pescoço e, com o outro, ameaça-o com sua arma, pressiona a arma contra sua bochecha pra compensar o fato do playboy ter dez centímetros a mais que ele e estar na ponta dos pés; uma boa alimentação durante a infância faz ganhar alguns centímetros na idade adulta.

Parceiro-1 e Parceiro-3 têm os funcionários e clientes na mira.

– Calem a boca. É ele que interessa, vocês não vão arriscar a vida por ele, né?

E saem pela porta dos funcionários.

A partir desse momento, dentro do carro, sei que temos apenas alguns segundos, vejo os camaradas saírem do meio das lixeiras do Café Americano segurando o ricaço curvado; engraçado esse cara musculoso e maior que a gente se comportando como uma mocinha, esses peitorais que eles exibem na praia não passam de fachada, né?

É por isso que adoro as armas, com uma arma não há pequenos ou grandes, sexo frágil ou sexo forte, magricelas ou musculosos, se você tem uma arma é o mais forte e se o outro na sua frente também tem... bem, aí vale o mais rápido ou mais certeiro; enfim, concentre-se, mulher!; eles se enfiam no carro segurando o ricaço no chão, cobrem-no com um velho cobertor e colocam os pés por cima.

– Se você se mexer ou gritar, estouro sua cara, nem sua mãe vai te reconhecer, tá ligado?

O ricaço não diz nada, eu até vi na TV que alguns fazem um treinamento do tipo "como reagir em caso de sequestro", deve ter aprendido a ficar quieto e obedecer, ele obedece, é engraçado porque, apesar do cobertor nojento que pusemos em cima dele, sinto seu perfume, o cara tem classe em qualquer circunstância, foi sequestrado por quatro bandidos e não consegue deixar de perfumar o Panda podre dentro do qual foi sequestrado.

Assim que chego na esquina da rua, vejo as pessoas saindo correndo do Café Americano e o motorista do ricaço sair rapidamente do carro se perguntando o que teria acontecido, ele deve temer por sua cabeça, temer pelo seu pequeno futuro de lacaio de rico, eu o ultrapasso dirigindo calmamente, vejo-o em pânico pegar seu telefone e discar um número, tenho vontade de acenar pra ele, "Ei, galera, por aqui!" Sorrio tranquilamente, é agradável dominar a situação.

É agora que precisamos controlá-la bem, há muita gente nas ruas, um pouco mais longe entramos no estacionamento de um shopping, de manhã não é muito agitado, as donas de casa chegam mais tarde, entre amigas, frequentemente perto das 11 horas, uma época me dei bem roubando umas bolsas perto desse horário, estaciono, não tem ninguém perto da gente, ficamos longe do elevador, os frequentadores estacionam sempre o mais perto possível pra ter que andar menos, seus folgados.

Parceiro-1 acentua a pressão da arma sobre o cobertor:
– Cadê sua carteira?
– No meu bolso.

Parceiro-1 pega a carteira, abre, caramba, quantos cartões de crédito esse filho da puta tem? Um mais dourado e prateado que o outro, isso quer dizer que ele tem grana, com tetos de saque bem altos, vamos aproveitar, a gente prestou atenção na hora, mais tarde fica difícil, os bancos limitaram os saques a 100 reais entre 22:00 e 6:00; é verdade que já aproveitamos muito a noite, ninguém nas ruas, um cara voltando de uma festa, você pegava dele o que quisesse, agora com 100 reais não dá nem pra pagar um Nike pra sua irmã.

— Cê pode tirar quanto com cada cartão?
— Não sei...
— Porra! Não tira sarro da minha cara ou vai sangrar como um por...
— Não sei, 1000 reais...
— Dá todas as senhas.

Parceiro-2 pega um papel, planejamos bem o golpe; em um de meus primeiros sequestros, pedi as senhas à burguesinha e, chegando ao caixa eletrônico, não consegui lembrar, misturei tudo; que amadora, juro! Então Parceiro-2 já tem a caneta pronta.
— HSBC dourado?
— 2009.
— Itaú Azul?
— 0711.
— Se falou errado vai se dar mal, seu filho da puta. Meu camarada vai lá agora mesmo. Se alguma senha não funcionar, ele me chama. E eu quebro sua cara, entendeu?

Parceiro-1 e Parceiro-3 descem. Parceiro-2 fica e mantém o ricaço na mira, ouço-o respirar sob o cobertor. É aqui que precisamos ter confiança. Todos nós já fomos fodidos por parceiros. Parceiro-1 e Parceiro-3 poderiam pegar a grana e cair fora. Mas a gente se conhece bem, nós quatro. Já faz um bom tempo que trabalhamos juntos. Temos os mesmos valores. Vi um vídeo no Youtube sobre isso outro dia. Os pobres que prejudicam uns aos outros ao invés de prejudicar os barões. E o barão, como é espertinho, aproveita quando a gente se mata e se esfola entre nós. Se ficássemos unidos, já que estamos em superioridade numérica, a vitória seria certa.

Parceiro-1 e Parceiro-3 se separaram pra não chamar a atenção, cada um com metade dos cartões.

Parceiro-2 e eu ficamos no carro, em silêncio. O outro deve estar em pânico. De repente sinto uma nova onda de perfume. Caramba, o cara transpira perfume! Assim são os ricos, os ricos verdadeiros, a grana está até por baixo da pele... Mas o cheiro é bom, perfume de rico, não é nojento como o perfume do meu namorado, não suporto quando ele usa, ele acha que está dando uma de gostoso, mas eu, depois de cinco minutos, fico com dor de cabeça com seu perfume de pobre.

Meu celular e o do Parceiro-2 vibram ao mesmo tempo. Mensagem do grupo de sms, Parceiro-1: "Ok. 2m cada crt". E um minuto depois, Parceiro-3: "Igual". Escrevo para os dois: "Bora".

Parceiro-2 apoia a arma sobre o rosto do ricaço, ele achou seus olhos através do cobertor e enfia o revolver lá.

– Por favor, por favor...

Parceiro-2 se diverte, ele faz questão de que cada uma de suas vítimas suplique.

– Implore.

–...

– Falei pra você implorar, tá surdo?

– Por favor, diz o ricaço com um tom hesitante, depois repete: Por favor, por favor...

É sua vitória do dia, é o momento em que Parceiro-2 se sente alguém, sem isso não é ninguém, apenas mais um favelado desempregado.

Por um momento dá alguma coisa a alguém: a vida. É muito.

– Quer que eu te deixe com vida?

– Sim, por favor, pelo amor de Deus...

– Então te dou sua vida. Mas antes, passa o relógio.

–...

– Porra, cê é surdo? Cê é rico, mas tem merda dentro da orelha? Falei pra passar o relógio.

– Toma.

– Me dá o celular.

– Toma...

– Mostra os sapatos... Pfff... Não, muito brega, pode ficar. Pode me agradecer.

–... Obrigado...

– Bom. Vou te explicar o que vai acontecer. Abre essas orelhas cheias de merda aí. Vou sair do carro. Você vai ficar, tá ligado? E vai contar até 1000. Até 1000, viu? Cê estudou, sabe contar até 1000, né?

– Sim...

– Vou ficar do lado do carro, pra ter certeza que está contando direitinho. E quando chegar em 1000 pode sair e voltar pra casa. E vai me esquecer. Entendeu?

– Sim...

– Vai contar até quanto?

– 1000.

Um carro chega, ouvimos os pneus cantarem no chão do estacionamento. A garota estacionou longe, é uma funcionária, já está de uniforme, de avental e chapéu verde-maçã humilhantes, ela some no elevador.

Parceiro-2 e eu saímos do carro e corremos, Parceiro-2 atravessa o shopping e sai pela rua, eu dou uma volta fingindo olhar algumas vitrines.

Desço novamente ao estacionamento depois de quinze minutos, não íamos deixar o carro! Nada de ricaço no caminho, de todo modo previmos que, mesmo que eu o visse não entraria em pânico e passaria por ele tranquilamente porque ele não tinha me visto, nem ouvido. Eu me aproximo do carro, olho cuidadosamente pra trás, o cobertor virou uma bola, ele foi embora, adoraria tê-lo visto correr, como se estivesse com fogo no rabo – quem ele vai chamar agora? A mamãe, a mulherzinha, o lacaio?

Rapidamente, ligo o carro e vou pra casa. Uma vez fora do shopping me sinto mais tranquila, sei que ele não se lembrará nem do carro, nem do modelo, nem das nossas caras, lembrará apenas de quatro favelados negros, ou pardos, ou morenos, ou seja o que for, que o sequestraram e quase o mataram por 10000 reais. Isso deve ferir seu orgulho, 10000 pratas, é o que vale sua vida.

Conheço quem morreu por bem menos que isso. Considere-se feliz por estar vivo, ricaço.

Calamity-Vic

Eu continuo a imaginar a história de Ghetto-Girl na minha cabeça, o que ela vai fazer com o dinheiro? Compras no shopping? Compras da semana no supermercado: arroz, feijão, Coca? Ou vai gastar tudo em drogas, talvez seja uma viciada em crack? Não, ela não é uma crackuda. Como ela se chama? Vanessa, Vanina, Verônica, Valentina? Não, esses nomes são de menininhas, ela precisa de um nome forte, Valéria, Vera, Vivete, Viviane, Virginia? Não, muito antigo. Minha favelada é uma Bomba-do-Gueto, então que nome dar à minha amiga imaginária? Só penso em um: Vic. Calamity-Vic.

* * *

Morei com ela por dias e dias, ela me habitava, ela vivia em mim; outro dia, eu estava jantando sozinha, minha empregada tinha deixado o jantar pronto, e imaginei Vic sozinha diante de seu jantar também. O que ela come, a refeição antiga do pobre, arroz-feijão, ou a refeição do pobre moderno, pizza-Coca?

Arroz-feijão, Vic come arroz-feijão, ela não cai nas propagandas mentirosas nas quais belos jovens descolados reúnem-se ao redor de uma pizza gigante rindo com seus dentes brancos. Não, ela não vê TV enquanto come, não suporta TV, sobretudo a Globo; aliás, ela gosta mais de doce ou salgado? Será que tomou banho quando voltou pra casa? Será que escovou os dentes depois de comer? Sim, disso estou certa, Vic é como eu, não suporta dentes estragados. Será que é coquete e faz as unhas? Por que não, afinal de contas, de vez em quando, quando ela vai a um baile funk, quando vai paquerar, Vic também ama sentir as carícias do amor. E claro que ela só pode usar uma cor: We Women at War.

* * *

Tive vontade de encontrar Ghetto-Boy, vi vídeos dele no Youtube, não o imaginava desse jeito, gordinho jovial, uma barba à la Che Guevara, dentes mal cuidados, isso eu tinha imaginado; mas amo seu discurso engajado, mesmo que seja de mim que fale quando diz eles, aqueles do outro lado das grades dos condomínios, todos temos um eles, mas não vou me sentir culpada por ter milhões, conquistados duramente e honestamente; enquanto os outros iam às suas festas de estudantes e rolavam no chão no spring break eu me matava de trabalhar em uma graduação dupla e tirava as melhores notas.

O dinheiro compra tudo, notadamente as amizades; é o que meus amigos fazem pagando mensalidades exorbitantes no clube, o título de sócio que vale dezenas de milhares de reais não é o preço pra se comprar amizades de ouro?

Não sabendo como encontrar Ghetto-Boy, agora privada das idas aos saraus, usei como pretexto o desejo de fazer uma doação à sua ONG, uma ONG para as crianças de seu bairro, ouvi falar dela em sua página no Facebook; peguei meu talão de cheques, minha assistente cuidou de tudo, ele me agradeceu por telefone, provavelmente ignorando que quase 100% da doação estaria livre de impostos. Eu disse que adorava o que ele fazia, sobretudo o que escrevia, ele me disse que eu precisava visitá-lo em seu bairro, ele participava dos saraus de vez em quando, ele me mostraria a sua "quebrada" como disse, se eu estivesse acompanhada por ele não haveria nenhum perigo, os traficantes não mexem com ele, respeitam-no; o gordinho quatro-olhos deu a volta ao mundo graças a seus livros, eles nunca terão essa chance com seu tráfico de drogas em pequena escala.

Dentuço, acompanhado agora de meu segurança, um ex do BOPE – pensei em Anne-Sinclair quando minha assistente o apresentou, "Bom-dia, é você o Capitão Nascimento?", eu disse sorrindo no primeiro dia, Dentuço começou a gargalhar ruidosamente e bateu no ombro dele, "Bem-vindo ao time, Capitão Nascimento!" e o apelido foi adotado por todos –; enfim, o *dream team* me proibiu expressamente de ir à favela de Ghetto-Boy que possui um dos índices mais altos de criminalidade do país e do mundo, bem mais elevado que em inúmeras zonas de guerra, então usei como desculpa que estava muito ocupada e perguntei a Ghetto-Boy se ele não poderia me encontrar em uma região mais central, como a Avenida Paulista, por exemplo, no café dessa imensa livraria sempre lotada? Ele aceitou, aproveitaria pra passar na Aliança Francesa, não muito longe.

– Olha, sou franco-brasileira, você conhece a França?

– Fui no ano passado, para o lançamento de meu novo livro.

– Se eu soubesse...

Nós conversamos, diante de um suco natural de abacaxi com hortelã pra mim e um suco de manga pra ele, ele colocou ao menos dez gotas de adoçante, sabendo que uma gota equivale a uma colher de açúcar, seu suco deve estar infernalmente doce, mas o adoçante faz com que eles não se sintam culpados – será que ninguém lê os estudos que apontam seus efeitos nocivos? Enfim, ele me diz, a coisa não tá boa na favela, tivemos um período bom por vários anos, mas agora o tempo fechou pra nós, os excluídos, os Negros; engraçado, ele continua a dizer *nós*, ele vendeu centenas de milhares de livros, poderia ser diferente, mas não – *Rich Nigga Still Nigga*, como diz esse cantor americano.

Ele me pergunta de chofre:

– E aí, vocês, como tá, muito medo? E ele ri mostrando todos seus dentes amarelos encavalados.

Sim, todos estão mortos de medo desde o sequestro do Segundo-Marido, mas não digo que foi meu segundo-marido, ele responde que ouviu falar do caso, os jornais se deleitaram, pagaram generosamente aos clientes e funcionários do Café Americano para contarem sua versão da história.

– Agora deve ter gente com o bolso cheio, né? O medo é bom pros negócios, né?

E ele aspira prudentemente seu suco de manga através do canudo, observando por baixo a mulher em sua frente, sua elegância natural, seu casaco do tailleur dessa estilista francesa feminista, rebelde e vanguardista, cujas iniciais monogramadas hoje rimam com classe, seu esmalte *A Change is Gonna Come*, seus dentes perfeitos, seu olhar imponente – tudo nela que transpira e cheira a dólares da elite.

* * *

Saboia-das-Vacas teria adorado Ghetto-Boy, Trinta-e-Três também; vou oferecer seu livro a elas, vou encomendar pela Internet e mandar, pedirei à livraria para colocar essa mensagem:

"*Da parte de V.* VFCTE"

Grávida

Ontem passei uma hora no Facebook dando uma stalkeada geral, usei minha conta verdadeira do Facebook, minha conta francesa, comigo mesma maravilhosa na foto de perfil – foi meu filho que me fotografou, ele ainda era pequeno, estava todo orgulhoso de tirar a foto da mamãe, então, pelo menos dessa vez, tinha sorrido quase espontaneamente. Lá eu posto algumas fotos de férias, mas a princípio, publico muito pouco, meus amigos são majoritariamente da época de escola; desde que o fenômeno Facebook começou a crescer como um câncer, decidi aceitar apenas as pessoas com quem tivesse ao menos tomado um café ou passado alguma ocasião, era meu critério, senão vira palhaçada, compartilhar suas fotos de férias com quem nunca se viu, com quem mal se conhece ou, pior, com quem trabalha! Então no momento da troca sacrossanta de contatos, as pessoas fingiam acreditar quando eu dizia, falsamente sorrindo:

– Pois é... Faço parte desses dinossauros que não cederam ao Facebook...

Sempre digo a mesma frase que faz meus interlocutores gargalharem inevitavelmente, "É verdade que o Facebook...", bláblábla, e a conversa rapidamente para por aí.

Quanto à minha conta Jessika da Silva 123, através dela me mantenho atualizada sobre os saraus, sobre as personalidades que gosto, sem que ninguém saiba. Não publico nada ali – um perfil de stalker.

Enfim, ontem fui ver todas as fotos de meus amigos no Facebook, os filhos de uns e outros que crescem, as férias de uns e outros pelo mundo, artigos compartilhados, indignações, inacreditáveis histórias de solidariedade, vídeos de animais – o algoritmo do Facebook identificou que eu amava cachorros e me propôs inúmeras propagandas, até mesmo propôs que eu curtisse uma página exclusivamente dedicada a Weimaraners, achei demais, ele fez a ligação entre as minhas fotos de Honolulu, minhas pesquisas no Google e minha conta, eu curti, bravo Facebook! enfim, ontem cliquei curtir, curtir e curtir e curtir, nunca curti tanto, mas era sincero, todas essas fotos e vídeos da felicidade dos outros me deram vontade e pouco importa que seja apenas de fachada, curti todas as fotos de viagem dessa amiga francesa que nunca mais revi desde a universidade ou quase, mas agora me lembro de uma mensagem que ela mandou há dois meses, "Estou indo ao Brasil, de mochilão, chego em Salvador, na Bahia, e em seguida desço devagar pelo litoral, te escrevo quando chegar ao Rio, adoraria te ver, ficaria muito feliz!"

Eu não sabia que aos quarenta anos ainda era possível fazer mochilão e dormir em albergues da juventude, existe uma tarifa pra velhos ou eles pagam o mesmo preço que os jovens? Eu acho legal, ela está certa, nada pior que essas redes de hotel com o saguão em mármore brilhante e camareiras discretas e anônimas com quem cruzamos como fantasmas nos corredores, atrás de seus imensos carrinhos.

* * *

Essa manhã cheguei ao escritório completamente desanimada – o que que eu tenho? Preciso seguir adiante, tenho meus objetivos a cumprir; tenho vontade de tomar um ar fresco, o céu

está azul, vou abrir a janela, a maçaneta está travada, o que é isso, como assim, a maçaneta está travada? Pensam que vou me matar? Luto com essa maçaneta de merda, sacudo essa maçaneta de merda, bato nesse vidro de merda, como abro esse troço?
– Tudo bem, dona Victoria?
– Não, não está tudo bem! Como se abre essa janela?
– Estamos muito no alto, dona Victoria, as janelas não abrem, é muito perigoso, o vento seria muito forte.
Sou a chefe e sou prisioneira. São *eles*, tenho certeza, *eles* que me aprisionaram, para que eu pague, pague pelo meu sucesso, minha ascensão, eles me aprisionaram dentro do meu carro, do meu escritório, da minha cidade, da minha fome de consumo, de propósito, para que eu exploda; tudo foi calculado, eles queriam que eu fizesse essa pergunta e que, não achando resposta, jogasse a toalha, aí está, o objetivo deles, aí está, sua estratégia maquiavélica! Enfim, eles queriam que eu fizesse essa questão crucial – vital, emprego conscientemente a palavra vital com tudo que ela encerra de vida, de sentido da vida –: se for para ficar sozinha, para que ser chefe?

* * *

"Cheguei ao Rio, vamos almoçar juntas?"
O momento é ruim, minha agenda está lotada, mas tenho uma viagem prevista ao Rio, encontro com ela em um shopping super chique, sem lhe dizer que escolhi o lugar porque ali há um heliporto, e que, assim que nosso almoço terminar, voltarei imediatamente a São Paulo; se estivesse em Paris, diriam: "Puxa vida! Você se tornou multimilionária, é?", bem, a verdade é que sou mesmo, mas as cidades aqui são diferentes, tentaculares, muito engarrafamento, muitos sequestros; então de vez em quando abandono Dentuço, há mais helicópteros em São Paulo do que em Nova York, tenho até um aplicativo

no meu telefone pra chamá-los, indico meu peso (sem trapacear) e o de minhas bagagens e o helicóptero chega em menos de uma hora; um absurdo ecológico, confesso, mas diante do absurdo de minha vida, nada mais importa.

Ela chega, meu Deus como engordou, seu rosto está inchado, os braços, a barriga, tudo, ela está flácida, os quarenta não perdoam muitas mulheres, mas está com um bom humor contagiante, adorou o Brasil, queria vir há muito tempo, e finalmente achou tempo, sua empresa aceitou seu pedido de férias não remuneradas, ela adorou o povo brasileiro, achou-o alegre, musical, hospitaleiro, simpático.

– Como você tem sorte de morar aqui!

– Ah, você sabe, eu moro num gueto, trabalho num gueto, almoço e janto em guetos, e às vezes tenho a impressão de viver mais em Miami do que no Brasil...

Exceto pelas breves escapadas aos saraus, penso, sem lhe dizer, seria muito complicado explicar tudo:

– De todo modo, acho que vou sair logo do Brasil, já provei o que queria, mais um ano, dois anos no máximo...

E poderia ter subido mais, pensei, ser ainda mais importante, então mais prisioneira, e...

– Bom, preciso te contar uma coisa, diz a Baleia.

Minha salada chega, seu filé de 350 gramas com arroz, feijão e fritas também, não me surpreende que esteja gorda, *ma chérie*. Ela espera a garçonete sair.

– Estou grávida.

– Verdade? Parabéns, fico feliz por você!

Ela hesita, levanta-se para me abraçar, me beijar, ela quer compartilhar sua alegria, um abraço desajeitado por cima da mesa e dos pratos, opa! Ela quase derrubou seu copo.

– E quem é o papai?

– Na verdade, não tem papai! Mas ouça, pensei em tudo...

Meu garfo fica suspenso por alguns segundos, apoio-o no jogo de mesa de inspiração amazonense, ela, por sua vez, se joga com apetite sobre seu pedaço de bife que se estende como uma sola de sapato e, como é a única a falar, fala de boca cheia, mas tem a decência de não cuspir em mim; ela me explica, viu os anos passarem, 40 anos – 40 anos, foi um choque, não foi pra você? – 41 anos e nenhuma relação estável; de todo modo, ela não queria uma relação estável, a vida a dois é muito complicada.

– E ainda por cima fiquei com manias de velha, ninguém suportaria mais viver comigo, hahaha! Então parei de tomar pílula pensando que se ficasse grávida, assumiria o bebê sozinha, sem nem avisar o pai, não queria que ele pensasse que agi pelas costas dele, entende? Não sou dessas mulheres que correm atrás de pensão alimentícia, tenho meios financeiros pra ter um filho. É minha decisão, estou assumindo sozinha, e papai e mamãe me darão uma mão...

Minha salada continua intocada, não consigo piscar os olhos, eles permanecem abertos e parecem não querer se fechar, e ela continua a falar, a comer, pega um *crouton* que decora minha salada com dois dedos, as unhas esmaltadas com um azul metálico.

– Posso?

Entrei no modo silencioso, ela continua a falar com a boca cheia, vejo o filé, o arroz, as fritas e o feijão triturados dentro de sua boca em uma pasta grossa, o ritual da mandíbula que se mexe pra tirar os alimentos colados nos dentes; bem atrás dela, uma faxineira com o olhar vago, a seu lado, um grande carrinho com dois baldes, um azul e um verde e frascos, muitos frascos com produtos de limpeza; ela empurra um esfregão imenso com franjas que devem ter 80 centímetros, ela usa um macacão e um chapeuzinho cinzas, seu cabelo rebelde não vai cair como uma mancha sobre o chão de mármore branco imaculado do shopping center, ela coloca um aviso amarelo sobre o chão, *Caution! Wet floor*, seu patrão deve estar feliz por ter encontrado

esses avisos, aqui estamos quase nos Estados Unidos da América.
A garçonete chega pra encher nossos copos, digo que ela pode levar o prato, ela não entende e tenho que repetir:
– Pode levar, está tudo bem.
Ela não entende, não toquei no prato, por que pedir um prato e não comer nada? Percebo sua hesitação, ela deve estar com vontade de guardar a salada em uma caixinha e levar pra casa, eu adoraria que ela levasse minha salada intacta ao invés de jogá-la no lixo, mas não posso dizer nada, ela tomaria por uma caridade e recusaria, por orgulho, estaria certa e errada ao mesmo tempo.
Olho meu celular, muitos alertas de e-mails, muitos alertas de WhatsApp, como ler tudo, como responder tudo? Mas dessa vez isso me ajuda.
– Olha, preciso ir, tenho uma vida louca, se você visse minha agenda...
– Claro, claro, imagino, com o cargo que você tem, bravo, hein! Tô orgulhosa de você, estamos todas orgulhosas de você, aliás, é maravilhoso que mulheres como você existam, você é um exemplo, um modelo, vai inspirar toda uma geração... Beijinhos, hein! A gente se escreve. Eu te mando uma foto do bebê!
– Sim, claro, beijinhos.

* * *

No helicóptero, durante a reunião, em casa, o tempo todo, eu pensava em seu bebê; essa noite, deitada em minha cama, pernas e braços espalhados, olhos no teto, penso em seu bebê.
Baleia é uma mulher forte, ela vai conseguir, seus pais a ajudarão, papai e mamãe ajudarão, agora eu me lembro, seu pai era advogado, ela me contou na época, na universidade, por um momento ela pensou em seguir seus passos,

por pura preguiça – imaginem, uma clientela já pronta!–, e ela se achou muito forte e muito rebelde pra recusar a vida burguesa já traçada que seu pai propunha – seu pai, ela tem um pai, e é exatamente porque ela tem um pai que acredita que isso não serve pra nada, um pai.

É isso, é exatamente assim que funciona o privilégio – o privilégio é invisível para quem o possui.

Adormeço com um espinho enfiado no coração, um espinho que me faz sofrer sem me impedir de viver; adormeço com uma bola atravessada na garganta, uma bola que me deixa ar suficiente para respirar, mas não o suficiente para, acredito, simplesmente amar.

Meu coração

Hoje é quarta-feira, dia em que vou aos saraus quando minha agenda permite, mas depois do sequestro do Segundo--Marido, todas as minhas atividades são vigiadas ativamente pelo Capitão-Nascimento e por Dentuço, que está todo feliz de, além de ser motorista, ser guarda-costas suplente (e ele se acha...), dopado por esse suplemento de adrenalina em seu cotidiano. E o sarau está expressamente, ainda que provisoriamente, asseguraram-me, proibido – curiosa situação, esses funcionários me proibindo expressamente de fazer qualquer coisa.

Eu me lembro, em uma quarta-feira do mês anterior, o sarau tinha terminado, habitualmente Titia-Doce sempre está acompanhada por seu marido, os dois voltam graciosamente a pé, quinze minutos de caminhada, de mãos dadas, muito fofos. Mas essa noite Titia-Doce estava sozinha, sabia que ela não voltaria a pé, as ruas são muito perigosas, então perguntei:

– Quer uma carona?
– Não, não quero incomodar, a Joana vai me levar...
– Me incomodar por quê?

Ela pode incomodar a Joana, mas não a mim, minha amiga assumiu, mesmo sem se dar conta, a submissão do pobre diante do rico. Eu insisto:

– Eu gostaria muito, realmente.
– Então está bem.

Sinto vergonha por não lembrar seu nome, impossível disfarçar olhando no Facebook, seu perfil é Mulheres com Dilma, e agora não dá pra dizer que esqueci seu nome, então faço como todo mundo e a chamo de amor, querida; então saímos, percebo que ela fica intimidada com meu carro, meu motorista, quase mostro a coleção de fotos de Dentuço pra aliviar o clima, ele tem vinte e duas, me mostrou a última nessa manhã, *Um país desenvolvido não é aquele em que o pobre tem carro, é aquele em que o rico usa o transporte público*, eu sorri, é verdade que os brasileiros invejam nosso sistema parisiense de transporte público, eu não sou tão fã assim; enfim, o barulho do motor de meu 4×4 blindado chega a cortar a fala de minha amiga, ela está com medo de sujar os assentos, o cada-um-no-seu-lugar que regeu essa sociedade por 400 anos deixou marcas e ela sabe que seu lugar não é aqui, mas é claro que o lugar dessa rainha é aqui, nesse carro de luxo e em qualquer outro lugar.

Como ela não fala nada, eu falo sozinha, falo bastante dele – do outro, do Filho-da-Puta e pergunto:

– Será que sou a única assim?

Não sei como elas conseguem, mas conheço, no entanto, meninas criadas por padrastos, avós, mães divorciadas e elas ficam bem, obrigada por se preocupar; será que sou a única que sente isso?

– O que seria *isso*? Pergunta Titia-Doce com uma voz terna.

Isso, esse buraco no coração, não está claro?

Titia-Doce põe sua mão sobre meu joelho, que pena, estou de calça, adoraria sentir sua mão sobre a minha pele, será que ela tem as mãos quentes ou frias? Quero tocar sua mão enrugada, suas unhas naturais, pequenas e curtas, sua aliança tão fina, nem tenho certeza se é de ouro; eu hesito,

depois ponho minha mão sobre a sua – exatamente como eu tinha imaginado, doce e quente.
— Claro que sim, meu coração, elas sofrem. Mas sofrem sem saber disso...
Chegamos à frente de sua casa, ela põe sua outra mão sobre a minha e mergulha seus olhos nos meus, ela me observa e me lê por inteiro.
A rainha desmascarou todos os estratagemas do peão.
— Uma boa noite, meu coração.
Eu adoraria, *my love*.

* * *

Preciso ver gente, como se faz pra ver gente nessa cidade? É muito tarde pra ir até a maior avenida de São Paulo, eu me lembro desse dia, alguns meses atrás, em que fui até lá, e dessa lanchonete de sucos imunda onde pedi um suco imundo que nem toquei, me lembro que observei a multidão com atenção, curiosidade, acrescentaria até amor; eu adorei sentir essa energia, me aproximo da janela escura, que escurece a realidade exterior e meus dias, abro o vidro.
— Está louca, dona Victoria?
Dentuço sobe rapidamente o vidro e trava-o, sem nem pedir minha permissão. Estou louca, não se escapa tão facilmente de uma prisão de segurança máxima, me aproximo do vidro pra olhar mais de perto, mas as ruas estão desertas, nenhum brasileiro anda mais nas ruas à noite, que tristeza, no entanto é muito bom andar à noite em uma cidade adormecida, me lembro, no meu tempo de estudante, de ter andado frequentemente em Paris à noite, sozinha ou acompanhada, a cabeça ainda cheia da alegria da noite, de um momento de amizade, talvez de amor, que eu acabara de viver; essa sensação de pertencimento à cidade colada ao corpo, e as luzes da rua dando um aspecto surreal à sua ci-

dade, sua cidade, esse território que te pertence, mas em São Paulo não é assim, São Paulo não te pertence impunemente, ela pertence àqueles que te fazem tremer se você coloca o nariz pra fora e que fazem de tudo pra que você o coloque pra fora o menos possível, é para o seu próprio bem, *querida*, fique protegida, confinada – o restaurante, no escritório, no shopping, em seu carro, seu gueto, sua casa – e, se possível, com a televisão ligada.

* * *

Elas sofrem também, eu não sou a única? Mas elas sofrem sem saber disso – talvez seja melhor pra elas? Onde estão elas? Quem são elas, essas mulheres sem pai? São tão violentas como eu? Violentas com os outros como Calamity-Vic? Violentas com elas mesmas? Sim, certamente, sobretudo com elas mesmas, ferem-se todos os dias – bulímicas, obsessivas pela escova, pelos saltos, pelo corpo, angustiadas, ciumentas, complexadas, inconstantes, suicidas, amarguradas, taciturnas, deprimidas, isoladas, perfeccionistas, derrotistas, rabugentas, melancólicas, frívolas, insatisfeitas – porque no fundo elas são infelizes: será que é sua forma de sofrer sem saber?

Eu sofro e eu sei, sei que tudo vem dele, Filho-da-Puta, Rei-dos-Canalhas, ele é o culpado, ele pegou um facão e o enfiou bem no meio do meu coração, me vejo em um altar de pedra, o altar em que eram sacrificadas as jovens, eu, jovem virgem inocente, recém-nascida, não tinha feito nada nem pedido nada, e ele me sacrificou; em seguida retirou o facão da chaga, me deixando viva, mas com essa ferida aberta, minha amiga tem razão em me chamar de *meu coração*, meu coração, sofro do coração, roubaram meu coração, o coração que eu deveria ter tido e que era meu, é injusto e não há nada a fazer, meu coração viveu quarenta anos sem pai; sofro e sei de que sofro, mas não posso fazer nada, ninguém pode fazer nada.

Poor Black Girl

A mídia brasileira, de repente, se interessou por mim. Fazia, no entanto, vários anos que eu estava instalada no Brasil, mas será que a taxa de crescimento de dois dígitos de minha multinacional, atingida graças à organização vanguardista do trabalho que pus em prática – digitalização máxima, utilização de inteligência artificial, sistema de administração horizontal, modificação dos valores da empresa, transformação radical do funcionamento do Comex, inovação – foi o que chamou a atenção dos jornalistas? Ou talvez meu discreto casamento seguido de divórcio com o Segundo-Marido, solteirão cobiçado, arrebatado na cara de algumas brasileiras que esperavam pacientemente há anos? Enfim, de repente, a mídia brasileira se interessava por essa *Chief Executive Officer* que parecia transformar em ouro tudo que tocava – uma mulher poderosa, e ainda por cima, negra!

Reticente no início, acabei aceitando o pedido de entrevista – tenho que refletir depois, pensar no futuro, trabalhar minhas relações públicas antes de passar à próxima empresa; e ser uma celebridade, no Brasil, abre muitas portas.

Na véspera da entrevista, encontrei o fotógrafo dessa grande revista semanal, ele queria tirar fotos na minha casa e no escritório, só aceitei que fosse no escritório, ele quis fotografar na academia, no helicóptero – eu recusei, "apenas no escritório".

Ele sorriu, belos dentes cuidados:

– Você sabe, as pessoas adoram conhecer a vida privada das pessoas, sua intimidade, ver como vivem...

– Ah, mas é uma matéria de celebridade ou uma matéria profissional?

– Um pouco dos dois...

"Você vai ver, vai dar tudo certo", acrescentou pra me tranquilizar – ele realmente acha que estou estressada? Isso se chama controle de imagem, *mon chéri*, e nisso, assim como em muitas outras áreas aliás, mas sobretudo nessa, sou craque.

* * *

O fotógrafo queria que eu me trocasse, pra parecer que a sessão de fotos aconteceu em dias diferentes, do tipo "Nossa equipe acompanhou a rotina corrida de Dona Victoria durante uma semana", nada disso querido, não tenho tempo pra ficar com um fotógrafo na minha cola uma semana, e não quero que o Conselho de Administração veja, ele não me paga pra isso; além disso, certamente poderíamos enganar com as roupas e sapatos, mas não com o esmalte, que mulher usa o mesmo esmalte a semana inteira? Então optei por meu tailleur sóbrio de seda selvagem bordô cuja marca quer dizer Patrão em inglês, e meu esmalte *Million Dollar Baby* em todas as fotos.

Mais tarde, o fotógrafo enviou as fotos por e-mail pra minha assistente, eu tinha exigido o direito de vê-las antes da publicação, ela me transferiu com essas três palavras *You look perfect*, de fato: foto 1, no meu escritório, concentrada atrás do computador; foto 2, sentada em uma poltrona, pernas cruzadas no tornozelo prestes a ler meu tablet; foto 3, em plena conversa telefônica; foto 4, em reunião com meu círculo mais próximo – jovens do mundo inteiro, porque a ambição, como as multinacionais e os impostos, não tem fronteiras. Hoje é a vez da jornalista dessa revista aparecer, ela vai escrever o artigo que acompanhará as fotos – ela tem as gengivas excepcionalmente desproporcionais quando sorri, é certamente por isso que está na imprensa escrita, teria sido uma catástrofe na TV – mas ela nem mesmo achou que valesse a pena ler as informações que minha secretária enviou previamente. Ela viu minha foto e pensou: minorias, *success-story*, bingo! tenho minha matéria.

– Você poderia falar sobre sua trajetória, Dona Victoria? Você tem um belo percurso, poderia ser um modelo pra todas as mulheres negras desse país. Por que ser tão discreta? É tudo crédito seu, claro, mas... vamos começar pelo começo, pode ser? Creio que começou seus estudos na França, foi graças a uma bolsa do Estado que conseguiu terminar seus estudos – estudos marcados pelo selo da excelência, não é? Em seguida essa universidade prestigiada nos Estados Unidos, uma consagração?

– Eh...

Presa em minha própria armadilha. Fui eu que comecei a fazer circular essa história. O Segundo-Marido contou para... que contou para..., e em alguns meses todo Rio e toda São Paulo sabiam, incluindo a Sorriso-Gengival.

* * *

– Você acha que vou deixar fazerem isso comigo? Você acha que vou deixar me abaterem sem dizer nada? Esse idiota que nasceu cheio da grana, filhinho de papai de merda! Lutei para ter tudo que tenho, merda, lutei e consegui, sempre persisti, consegui e não vou me deixar dobrar por um *playboy* que nunca lutou por nada na vida!

Eu mal começara a conviver com o Segundo-Marido, que então ainda não era nem marido nem segundo, quando quis largar o emprego que tinha na época do Primeiro-Marido, aquele pelo qual nos instalamos no Brasil; profissionalmente já tinha provado do que era capaz, pessoalmente, estava estagnada.

Éramos apenas dois candidatos a esse novo cargo que eu cobiçava, Filhinho-de Papai e Eu, e o Segundo-Marido, filhinho de papai também, cheio de contatos e relações, deixou entender que (o outro) Filhinho-de-Papai conseguiria o posto. Isso me enlouqueceu. Eu tinha usado o argumento das minorias, da diversidade: sou mulher, sou negra, temos a mesma qualificação (o Filhinho-de-Papai tinha o mesmo diploma da prestigiada universidade americana, o que me fez duvidar seriamente da validade de meu diploma) e eles preferiam um homem branco de cinquenta anos? Fiquei louca. E foi aí que usei o argumento da infância pobre. Para me valorizar, aumentar ainda mais meu mérito, mostrar o quanto eu tinha a ambição de vencer.

Consegui o cargo.

Então me dei conta que essa infância pobre deixava a história bem mais fácil: como cheguei onde estou, no topo? Trabalhando, trabalhando, trabalhando. Nunca sucumbir ao desencorajamento, acreditar na sorte e, sobretudo em suas capacidades. E a história é mais bela quando começamos bem de baixo pra chegar ao topo, melhor que quando partimos do meio – ou mesmo de um pouco mais alto – pra chegar ao topo, não acham?

E inventei uma bolsa na França, estudos na biblioteca até tarde da noite, embaixo das asas dos professores... Enfim, o estereótipo da Negra que venceu apesar dos obstáculos, graças a seu talento e também à bondade do francês republicano, porque nessas histórias sempre há um anjo da guarda, fervoroso defensor da República do mérito. E então enquanto durante todos meus anos franceses eu ostentava ao máximo a classe média de minha mãe e dissimulava, morrendo de vergonha, o abandono do Filho-da-Puta, agora eu o assumia totalmente, ressaltando minha força e a de minha mãe solteira, única capitã do navio.

A verdade é que minha mãe nos criou sozinha, a mim e a meu irmão, era uma mulher inteligente, vinda da burguesia provinciana. Ela fez excelentes estudos, obtendo seu diploma nessa mesma universidade em que uma das professoras tinha me rebaixado e humilhado, e ela se viu com dois bebês pra cuidar, na sequência do seu período Terceiro-Mundista. Então teve que parar com besteiras. Passou em um concurso da mais alta categoria dentro do serviço público, o que deu a seu lar uma estabilidade essencial pra criar dois filhos sozinha. Ela estava certa. Nós sempre moramos em locais adequados e bairros adequados, nunca nos faltou nada materialmente. Como havia estudado, ela nos passou o gosto pelo estudo e pela leitura, nos criou como ela mesma havia sido criada, de forma clássica, burguesa, sem jamais evocar seu parênteses terceiro-mundista, talvez sem jamais pensar nisso, com a exceção de que votava na esquerda, conscientemente, a cada eleição.

O Primeiro-Marido sabia que eu vinha da classe média, pela simples razão de que conhecia mamãe, foi por isso que não havia suportado quando eu disse que "não tinha pai" e que me comparou à Oprah; ele tinha se casado com uma Negra, certamente, mas não com uma Negra degradada pela pobreza.

Ao contrário, o Segundo-Marido que, em seu breve episódio enquanto segundo e marido, nunca conheceu mamãe, colocava, e provavelmente coloca ainda hoje, todos os funcionários públicos em um grande saco de lixo, sobre o qual cola as etiquetas "medíocres", "acomodados" ou "imprestáveis". Minha mãe, que ocupava um cargo superior da função pública, na sua cabeça de *playboy* era apenas uma pequena funcionária. E sua esposa foi bolsista – e vejam onde ela está hoje! Isso confortava suas ideias, essa ideia propagada na classe privilegiada brasileira, de que quando queremos, podemos. Todos esses favelados bandidos e criminosos (Segundo-Marido não dizia "Todos esses Negros bandidos e criminosos", mas se eu lhe perguntasse "Descreva pra mim agora o favelado bandido e criminoso em que pensa", tenho certeza que ele descreveria um Negro), todos esses favelados que fazem limpeza, jardinagem, segurança... Se estão onde estão, é porque não querem subir na vida. Vejam minha mulher! Ela também poderia ter se deixado levar pela vida fácil, passar suas noites em bailes funks, virar rainha do carnaval – bonita como era! Minha sogra também, poderia ter largado mão e deixado as crianças na rua! Mas não. Quando se é trabalhador, é possível vencer.

Segundo-Marido contava voluntariamente a história exemplar de sua mulher – o que o transformava, comodamente, em um marido desprovido de qualquer preconceito.

* * *

Enfim, a jornalista continua:
– Um belo exemplo de perseverança, Dona Victoria. Eu a admiro muito. A senhora é um modelo para todas as jovens... E ainda por cima, a senhora conciliou sua carreira profissional com sua vida de mãe de família... É admirável. A senhora poderia fazer política, sabe, hahaha!

Eu admiro as pessoas que fizeram o percurso que inventei pra mim mesma, esses jovens que aprenderam a gostar de ler, ainda que ninguém em suas casas andasse com um livro nas mãos, esses jovens que estudavam, enquanto todos à sua volta se divertiam, esses jovens mal vestidos, enquanto todos os seus amigos usavam roupas da moda com o dinheiro da droga.

Mas isso é uma mentira, não sou um modelo, não sou um exemplo de perseverança, tive uma mãe burguesa e estudada, ouvíamos música clássica em casa, ou esse cantor belga nato do país plano, ou ainda esse cantor com uma grande cabeleira que cantava que os anarquistas eram todos espanhóis; e assistíamos filmes franceses, intimistas e históricos, que mamãe adorava.

Mas tive um genitor negro, que baita desvantagem, é errado dizer isso, mas é o que penso, talvez, mais que da cor, seu verdadeiro problema vinha de sua filhadaputisse, mas por que os dois precisaram se sobrepor? Os dois se sobrepõem frequentemente, é verdade, quando acrescentamos uma boa camada de pobreza, de pobreza feia e suja, de pobreza que aliena, que faz perder as referências, que isola, que enlouquece.

Não, não posso dizer isso, Negro pura e simplesmente não faz necessariamente um Filho-da-Puta, Negro+Pobre, isso não faz necessariamente um Filho-da-Puta, deve ser Negro+Pobre+outra coisa que faz um Filho-da-Puta, e eu, por azar, fui premiada com o pacote completo e ganhei aquele que tinha esse qualquer outra coisa a mais, ou até mesmo que excedia nesse qualquer outra coisa a mais.

Quem sou eu? Não sou uma filha de burgueses – apenas por causa da minha cor, porque tenho a cultura e os códigos, se as pessoas fossem cegas, ninguém adivinharia que sou Negra, mas vivemos uma vida em que as pessoas te enxergam, até os e-mails antes anônimos agora vêm com uma pequena foto, então as pessoas, vai saber por que, nunca me tomam por uma burguesa nata, sempre me tomam por uma garota de baixo que penosamente subiu os degraus, um por um. Também não sou uma garota do gueto, mesmo que estatisticamente tenha a cor – no Brasil ao menos, não na França, porque meu país de nascença, bastante ligado à igualdade e à luta contra a discriminação, proíbe as estatísticas; educação, encarceramento, mortalidade, desemprego, renda média, saúde, habitação, fertilidade, na França não dá pra saber essas diferenças entre Negros e Brancos, o que permite dizer que tudo vai muito bem para os Negros da França, obrigada por se preocupar. No entanto, há estatísticas para mulheres; para os obesos – os obesos mais atingidos pelo desemprego, pela depressão –; para os acidentes de trabalho; para os trabalhos precários, mas não para os Negros ou Amarelos! Adoraria ver esses números na França, assim poderia saber se imagino coisas ou não; considerando meu cérebro perturbado, talvez isso seja possível, vai saber. Não entendo por que os franceses não querem, não há nada racista ou discriminatório nessas estatísticas, são simples ferramentas pra descobrir se há um problema e, se houver, entendê-lo e aplicar as políticas públicas adequadas, não?

Enfim, quem sou eu, adoraria simplesmente responder "Bem... sou francesa, como você! Mas sempre me perguntavam de onde vinha, então eu respondia:

– Bem... eu nasci na França!

Sim, mas seus pais vêm de onde? Porque na França que recusa as estatísticas sobre os Negros, na França republicana indiferente às diferenças, morre-se até mesmo de curiosidade de saber de onde vem sua parte Negra; mas de repente me transformei em uma Nem-Nem, nem burguesa, nem suburbana; nem Branca, nem Negra. Tudo na negação, tudo na oposição, nunca pude dizer "Sou isso", era sempre "Nem sou isso, nem sou aquilo", a eterna Nem-Nem.

Em todo caso, o que é certo é que eu não era do grupo deles, ainda que eu seja da geração *Touche pas à mon pote*[5], eu não entendia muito na época, mas sabia confusamente que não suportava esses broches no bolso da jaqueta jeans, "Não sou seu amigo e não preciso nem de sua empatia be-

5 Referência ao slogan de uma campanha francesa dos anos 80 contra o racismo, cujo equivalente seria: "Não mexa com meu amigo". [N.T.]

nevolente, nem de seu paternalismo republicano!", eu tinha vontade de gritar na cara deles, mas a adolescente que eu era era muito envergonhada pra incomodar.

É complicado explicar, tentei explicar ao Primeiro-Marido, era meu marido, eu pensava que íamos compartilhar tudo, mas ele não entendeu nada, ou melhor, entendeu somente aquilo que eu deixava as pessoas verem, mas eu achava que um marido me conheceria um pouco melhor que as pessoas, ledo engano; enfim, na minha vida da época, as pessoas me viam como uma garota impecável, direita, rígida, que não dava nenhum passo em falso, *clean*, super *clean*, três vezes mais *clean* que as outras pra compensar uma cor de pele nem sempre tão *clean*. Primeiro-Marido sempre me classificou de pequeno-burguesa, de "Negra por acidente", foi o que ele me disse uma vez, pois quando o conheci nunca havia posto os pés no Brasil e nem tinha ideia de pôr um dia. Sim, eu era impecável, sob pressão mas impecável, em permanente representação e impecável, e em sua cabecinha de privilegiado não passava que minha impecabilidade revelasse uma ferida, que eu estivesse ferida, sim, precisamente pelo que não falava, exatamente por que não falava, justamente no local em que o coração se divide em dois, ali onde os cromossomos X e Y tinham que soltar a mão, a natureza deixa espaço para um e para outro, e no meu caso, no lugar do outro, no meu coração, há apenas um buraco acompanhado por um sentimento difuso – odiosamente difuso...

Ah, a eterna questão que me faço, faço e refaço, por que minha mãe não me concebeu com um outro, alguém de seu meio? Eu teria sido mais feliz, claro, uma Victoria branca e de classe média alta, minha vida estaria toda traçada, como a da filha do advogado antes de se tornar a Baleia; mas não, minha mãe preferiu fazer uma Victoria negra e filha de um desconhecido.

* * *

Enfim, Sorriso-Gengival espera uma resposta. Concentre-se, Vic.

– Hahaha, política, não, claro que não... Não, você sabe... É porque... Lembro-me de repente de uma das fotos de Dentuço, uma dessas frases que ele gosta sobre o vidro traseiro: *Insista, persista, mas nunca desista, pois um dia você conquista*, bem na linha da autoajuda, mas no fim, seus autores vendem dezenas de milhões de livros, não é isso que os brasileiros querem ouvir?

– O importante é conhecer você mesma. Eu sabia que tinha capacidade pra chegar onde queria. Tinha determinação. Eu insisti, persisti, nunca renunciei, confiante, absolutamente confiante de que um dia conquistaria tudo que havia sonhado. E também preciso dizer que tive a sorte de ter uma mãe...

– Exatamente, já que falamos de minorias... Mamãe, uma minoria?

Então disse à Sorriso-Gengival tudo que ela queria ouvir, meu lar humilde, minha vida de estudante bolsista, minha trajetória profissional de batalhadora. Meu primeiro emprego importante nos Estados Unidos, depois na França e enfim no Brasil, a consagração.

Na semana seguinte, a maior revista semanal brasileira publicava uma matéria especial de oito páginas, ilustrada com cinco fotos – a quinta era do meu arquivo pessoal, estou em uma recepção, magnífica na simplicidade de minha elegância, sílfide em um vestido tomara que caia curto de seda laranja mate, argolas nas orelhas, sem colar para valorizar o decote, o braço repousando na cintura e as belas mãos em destaque por conta de um *Young, Gifted and Proud*, sorriso feliz – lembro-me dessa noite feérica, era o começo de meu namoro com o Segundo-Marido, quando tudo ia bem.

Título: *A filha negra da república francesa à conquista do Brasil.*

Subtítulo: *Como uma criança pobre da França tornou-se milionária e uma das mulheres mais notáveis do Brasil.*

Black fiction

Compro livros bulimicamente, pela internet e também nessa livraria de São Paulo que adoro, decidi, não sem um aperto no coração, renovar completamente minha biblioteca – até mais ver Morro dos Ventos Uivantes, adeus Catherine...
– Você tem Toni Morrison?
– Sim, está na seção de *Black fiction*, no fim do corredor, ali onde está a menina de óculos grandes, está vendo?
Black fiction... Olho para toda a livraria e não vejo a seção *White fiction*. Disseram-me e repetiram, a cor não significa nada, a raça não significa nada, a raça nem mesmo existe, o que importa, no fundo, não é escrever sobre o ser humano?
Esses belos discursos são bons para a *White fiction*, porque para a *Black fiction* a cor diz tudo, virou até um gênero literário, a cor, e ele vende – contanto que mostre o que é esperado. Porque nesse *black* de *Black fiction*, há intrinsecamente gueto e droga. Cada um no seu lugar – e na *Black fiction*, há miséria, violência e exclusão, ponto.

* * *

Falei tanto sobre Toni Morrison, fiz uma tela a partir de seu retrato, depois o destruí raivosamente, mas li apenas um livro dela, o mais conhecido; dessa vez decidi ler todos, comprei todos, traduzidos para o português, depois *online* em inglês; um, dois, três, e estou cheia do Negro do Sul dos Estados Unidos profundo.

Continuo a procurar na internet livros que falem de Negros, os eternos afro-americanos, mais uma vez, comprei tudo, no original, traduzido para o português, para o francês, devoro dois ou três por semana, o rei do Harlem Renascentista, o rei das prostitutas, o rei da música *soul*, e esse branquelo, delinquente desde o berço sem ser negro, mas tão pobre e fodido que é como se fosse, leituras violentas, desesperadas, drogadas, overdosadas, sexuadas, é demais da conta, vou acabar com medo de entrar sozinha com um Negro no elevador.

Começo a me perguntar se o escritor negro está sempre condenado a evocar a História – e sempre a mesma, em Toni, o Sul profundo e os sofrimentos infligidos aos Negros; nos outros, o Harlem sinistro e abandonado – ou a evocar sua vida, a militância, a luta por direitos civis. Mesmo nos Estados Unidos, nos grandes Estados Unidos da América, percebo que, no fim das contas, os romances de *Black fiction* reforçam a imagem que se tem da comunidade negra, um amontoado de pobres violentos condenados à miséria geracional. Encontro poucas famílias negras "normais", sem pais drogados ou encarcerados, nos romances de *Black fiction* dos grandes Estados Unidos da América.

Ultrapassado, tudo isso é ultrapassado, jogo no lixo a *Black fiction* americana e todo esse bando de ex-condenados que usaram a pena pra preencher o tédio de seus anos de prisão; cinquenta anos depois, é hora de avançar, *move on*! Porque o Branco de 2017 que lê a história de um negro que bate na mulher, abandona os filhos, termina na prisão, sabe que lê o Harlem de 1940 ou mistura com o Harlem de 2017?

Continuo pensativa diante da mulher negra, as mulheres negras desses livros aparecem como as únicas responsáveis nesses cortiços, obrigadas a dar segurança, sem outra escolha diante de homens que não garantem nem um amendoim, mesmo que eles tenham supostamente suas razões, em todo caso tiro meu chapéu às *dragon-ladies*, únicas capitãs a bordo de um navio à deriva, transformadas em mães-pais, pela força das circunstâncias.

* * *

E a França? Fui procurar longe o que talvez estivesse embaixo de meus olhos; encontro escritores negros na França, mais do que imaginava, mesmo que seja preciso procurar um pouco, África francófona, Caribe francófono, mas curiosamente poucos negros simplesmente franceses, que falariam de sua experiência, não sei, de Negros não exóticos ou não suburbanos.

Compro e leio alguns romances sobre a África atual, alguns esplêndidos, da África do Sul, da África anglófona, da Nigéria, como aqueles dessa moça, de nome impossível que tem a mesma idade que eu, ela é engraçada, observadora, talentosa; e li também romances ditos "encantadores", de um exotismo pitoresco, com guerras sanguinolentas, rituais antigos, espíritos, feitiçaria, e "poderes subterrâneos" ao final.

Imagino o dilema do escritor africano, que deve ser mais ou menos o do escritor afro-americano: será que ele deve apresentar uma imagem positiva de seu continente e de sua comunidade? Se sim, não dará a impressão de minimizar ou silenciar sobre seus problemas? Imagino as críticas, que sou a primeira a formular: se ele não fala, está desconectado da realidade; se fala, faz o jogo do miserabilismo ocidental.

Mas mesmo assim é curioso o sucesso desses livros, regularmente recompensados por prêmios nacionais: vejam esse aqui, cuja quarta capa anuncia um país da África tropical após uma sangrenta guerra civil e termina com a citação dessa revista feminina pretensamente de referência, ainda que seja apenas uma revista que tiraniza as mulheres submetendo-as à regras físicas e comportamentais, essa citação acabou comigo: "O retrato indigesto de uma África vítima da guerra e da ignorância".

Meu estômago revira, acadêmicos de araque, que deram seu prêmio a esse romance, na verdade, é isso que as pessoas querem ler sobre a África: elas não esperam uma África moderna e vencedora, com telecomunicações e mídia conectadas, aquela que eu vi em Luanda; elas querem uma África atrasada, gangrenada de superstições, feia e sanguinária.

Afasto essa África, quero romances sobre os Negros de hoje, da França e da Europa: nós, os afro-europeus, os afro-ocidentais, nós não temos nada em comum com os Negros dessa África, e não gostaria que os brancos europeus ou brancos ocidentais acreditassem nisso. Eu descubro uma britânica surpreendente, mestiça e eclética, interessante; veja, façamos antes uma pesquisa afro no Google, os americanos falam em muitas dezenas de milhões de ocorrências de Afro-Americanos, os brasileiros em muitas centenas de milhares de ocorrências de Afro-Brasileiros, e os franceses? Os franceses também utilizam sem pestanejar em muitas centenas de milhares de ocorrências os termos Afro-brasileiro e Afro-americano, mas se insurgem quando se fala de Afro-europeu ou Afro-francês, curioso, como se fosse possível ser afro e americano, afro e brasileiro sem pôr em causa sua cidadania, mas não afro e francês – provavelmente uma ofensa em nosso caro universalismo republicano.

* * *

E os afro-brasileiros, justamente? A literatura marginal, abordando a pobreza e os excluídos, fala obviamente de Negros, mas aqui também, não é o que pesquiso. Digitando no Google *Negro+literatura+Brasil* ou qualquer coisa do gênero, encontro um estudo apaixonante de uma universitária sobre a relação entre a cor da pele e a literatura, coisa que me interessa. A pesquisadora analisou mais de 650 livros, escritos por cerca de 300 autores, e publicados nas principais editoras brasileiras nos últimos vinte e cinco anos – só mesmo os *nerds* universitários pra fazer isso, ao mesmo tempo eles são pagos pra isso, por nossos impostos, mas às vezes me pergunto onde está o ganho de um governo que paga um pesquisador por três anos pra analisar o mercado editorial brasileiro, se ao menos fosse um doutorando que procurasse um algoritmo para prever as oscilações do mercado financeiro, que fizesse uma tese sobre física quântica, genética, inteligência artificial, coisas concretas ligadas concretamente à riqueza do país, aí eu entenderia, mas essa eu não entendo; enquanto isso, encontro seu estudo sobre interseccionalidade, a relação entre cor, gênero e classe social, interessantíssimo; enfim, segundo seu estudo sobre a literatura brasileira dos últimos vinte e cinco anos, 72% dos escritores são homens, 93% dos escritores são brancos, em 56% dos romances, não há sequer um personagem não-branco – fico louca; 8% dos protagonistas de romances são negros, 71% dos protagonistas são homens, 73% dos protagonistas negros são pobres e 20% são delinquentes, 56% dos adolescentes negros são viciados em drogas contra 7% dos adolescentes brancos – peraí, estou sonhando?

Os Negros são, muito raramente, narradores e mais frequentemente colaboradores na intriga do que verdadeiros protagonistas e, claro, a discriminação é ainda mais acentuada para as mulheres negras – ou seja, elas são ainda mais invisíveis, estereótipos do tipo drogada-prostituída-empregada doméstica. E a pesquisadora deplora essa falta de nuances e conclui que falta na literatura brasileira a narração de vidas e de dramas, mas também de esperanças e sonhos dos marginalizados da nossa sociedade – de cor, principalmente, mas também de sexo e classe social.

Drogado e/ou bandido, para um Negro, é praticamente a única possibilidade de existir em um livro.

Não existem Negros que teriam outras histórias para contar?

Black & White

Justo eu que queria escrever sobre os Negros, o que eu queria dizer, de fato? Não tenho nenhuma experiência a compartilhar, era boa na escola, obedeci mamãe, estudei muito, fui brilhante e continuo a ser, essa é minha vida; não lutei com garra pra chegar onde estou, minha vida não é uma luta – enfim, não, não é verdade; sim, eu lutei com garra para chegar onde estou, e sim, a vida é uma merda de uma luta, porque tanto no topo como lá embaixo a concorrência é dura, muito dura, não acreditem que é um reino encantado, mas é uma luta diferente daquela da mãe de quatro crianças abandonada que se pergunta o que vai fazer pra janta hoje.

Na realidade, meu verdadeiro modelo, minha verdadeira heroína eu deveria dizer, mesmo que eu não esteja pronta a confessar, é mamãe, minha mamãezinha, minha mamãezinha burguesa branca, agredida por seu marido Rei-dos-Canalhas, abandonada por seu marido Filho-da-Puta.***

A história inteira, toda desenrolada, ela nos contou uma única vez, provavelmente por obrigação, reuniu seus dois filhos adolescentes e nos disse:

– Querem saber?

Meu irmão e eu prestamos atenção em silêncio.

Ela o tinha conhecido em Paris, pouco tempo depois de voltar do Brasil onde esteve engajada alguns meses em um projeto humanitário. Ela estava feliz por poder falar português de novo com alguém, criticar os militares no poder, reconstruir o mundo – era preciso redefinir as relações internacionais, desenvolver a cooperação, valorizar as culturas indígenas, única solução para evitar as desigualdades crescentes entre o Sul e o Norte, limitar a poluição, lutar contra a favelização, a miséria.

Ela o amou, apaixonadamente, como não acreditava ser possível amar alguém, mas rapidamente após o casamento – que ideia se casar tão rápido, os hippies dos anos 1970 eram decididamente inconsequentes – a coisa já não ia nada bem, ele a traía, como só os Filhos da Puta são capazes, com qualquer coisa que usasse saias e fosse branca, acho que ele nem mesmo fazia uma seleção qualitativa, bastava ser do sexo e da cor oposta; em seguida, ele começou a agredi-la, ele estava cheio, por outro lado, mamãe nunca me disse cheio do que, cheio de sua vida em Paris? Cheio do abismo de classe entre eles? Enfim, a ideia de uma separação começou a brotar na cabeça de mamãe, e foi aí que ele começou a roubá-la, fazer empréstimos no banco em seu nome, depois negar, negar tudo como só os sem-vergonha dos Filhos da Puta conseguem fazer, eles negam mesmo com as provas embaixo de seus olhos, e ele gritava, urrava; então um dia, uma manhã qualquer, meu irmão tinha quatro anos e eu dois, ela ainda conseguiu ficar cinco anos com ele, quando ele saiu pra trabalhar mamãe lhe disse "Até mais tarde", ele fechou a porta e ela, ela não foi trabalhar, fez sua mala, uma mala, isso ela deixou bem claro – uma única mala, o que ela poderia por dentro? uma vida em uma mala – e ela pegou seus dois filhos, um em cada mão, deve ter havido uma mão menos confortável que a outra pois havia a alça da mala, deve ter sido a de meu irmão, ele era maior e eu sempre fui um pouco a queridinha, ela fechou a porta e foi embora.

Ela foi para a casa de uma amiga, evidentemente o Filho-da-Puta do marido a encontrou, ele bateu na amiga, bateu na mamãe, a polícia chegou, acalmaram a situação, o Filho-da-Puta foi embora livre, e foi aí que ele viu que seus dias como marido da mamãe-burguesa estavam contados, então era preciso que ele enchesse os bolsos e caísse fora bem rápido, plano que ele executou, esvaziou todas as contas de banco, pegou algumas joias de mamãe e caiu fora, sem deixar endereço.

Mamãe saiu de Paris, instalou-se em uma pequena cidade de província insignificante – "Por que aquela?", eu lhe perguntei, "Porque ali não conhecia ninguém", ela me respondeu. E ela repetiu muitas vezes, independentemente desse dia em que ela decidiu nos contar tudo, que ela votava na esquerda e que votaria na esquerda até sua morte, mesmo que hoje sua renda justificasse que ela votasse na direita, porque, quando ela chegou nessa pequena cidade provinciana insignificante onde eu morri de tédio até os meus 18 anos, e que ela procurou a assistente social e expôs sua situação – altamente diplomada, mas atualmente sem trabalho, em pleno divórcio, com duas crianças – a França não lhe virou as costas. Sim, a França governada na época pelo Titio de todos[6], estendeu uma mão em socorro à sua filha, protegeu-a, apoio-a, ajudou-a, conseguindo com urgência uma moradia em um conjunto habitacional do governo.

Moramos um ano ali – não tenho nenhuma lembrança, mas mamãe mencionava esse período de vez em quando, ela devia achar importante lembrar-nos da dificuldade em que seu marido a havia deixado, o apartamento barato de 50 m², vazio a não ser pelo conteúdo de uma mala, o trabalho encontrado rapidamente, os móveis comprados um por um,

---

6 Referência a François Mitterrand, presidente francês conhecido pelo apelido de Tonton (Titio). [N.T.]

depois o carro, um Renault 4L bege usado com algumas manchas de ferrugem, as economias e, depois de um ano, o apartamento vitoriosamente abandonado por um loteamento, depois, alguns anos mais tarde, o pavilhão geminado vitoriosamente abandonado por uma casa, depois, novamente alguns anos mais tarde, a compra vitoriosa de uma verdadeira casa burguesa no centro da cidade de província, com chaminés, cornijas no teto, charmosa.

Mas quando mamãe evocava esse período, ela sempre nos falava de seu vizinho da primeira casa, um antilhano, não sei por que ela sempre o citava, um antilhano que, no dia em que ela comprou uma televisão – sua primeira TV, branco e preta, imagino o meio metro de espessura, e imagino também como cada bem comprado tinha um gosto de vitória para mamãe – e que ela lhe pediu uma ajuda para instalar, entre os pobres do conjunto habitacional, provavelmente deve haver uma solidariedade do tipo, esse vizinho tirou sarro dela, riu na sua cara, dizendo que ela realmente havia comprado uma bosta de TV, fez o mesmo e riu na cara dela quando viu seu Renault 4L usado, enfim, ele sempre ria na cara dela, era realmente uma boba essa mulher, que boba! Mas enquanto isso, dizia mamãe, todo fim de mês ele vinha bater na minha porta, ah, não pra pedir muita coisa, 10 contos, 20 contos. "Mas eu saí de lá. Me pergunto se ele ainda está lá".

* * *

Aí está minha *Black fiction* e a heroína, a grande heroína dessa *Black fiction*, a *dragon-lady* capitã do navio, aquela que teve que ser pai e mãe, a guerreira que não desistiu em nenhum momento, é branca.

Será que isso faz dela uma *White fiction*?

Scarlett, Marilyn & Jessika

Sinto falta dos saraus, claro que continuo a ler, sozinha ou ao lado do Estrangeiro, lemos na cama, cada um o seu livro, cada um com seu abajur, na primeira vez não consegui me concentrar, achei esquisito, coisa de casal velho, não? Ele me respondeu, surpreso:

— Casal velho? Ter prazer sozinho, mas juntos, isso mais me parece a definição de um casal moderno, não acha?

Enfim, sinto falta dos saraus. Acabei me acostumando com as leituras em voz alta; a emoção partilhada é muito mais deliciosa do que uma emoção solitária.

* * *

Essa semana, há diversos saraus excepcionais, uma espécie de festival, uma cena itinerante, o sarau da última noite aconteceu no auditório de um museu, todos os integrantes ativos do movimento dos saraus em São Paulo vão se encontrar, a nata, mais de trinta oradores vão declamar contos, poemas, gritos de revolta e reivindicações.

Titia-Doce me disse pelo Messenger que evidentemente iria! Não perderia esse encontro por nada no mundo. Que conquista para o movimento! Ela chegaria bem cedo, levaria sua marmita – lembrei da Titia-Professora, Titia-Doce e ela se pareciam, a mesma gentileza que deixa um gosto delicioso na boca – e ela guardaria um pouco pra mim, Smiley, e guardaria lugar pra mim, porque a previsão era de muita gente. E ela terminou sua mensagem com um "Tchau meu coração, até sábado, desenho de coraçãozinho". Fiquei olhando por vários segundos o coraçãozinho no Messenger da Titia-Doce – minha amiga realmente me ama? – antes de me distrair e passar pra outra coisa.

Dentuço e o Capitão Nascimento não se opuseram ao super-sarau; Titia-Doce, que vigiava a entrada, começou a acenar de longe, como prometido, ela tinha guardado lugar pra mim, me entregou uma caixa, uma caixa de sorvete de baunilha o % light, que ela usou para colocar salgadinhos que ela mesmo fez, espinafre, frango e camarão.

– Como não sabia se você era vegetariana, pensei em todas as possibilidades!

Ela me deu lencinhos de papel para eu limpar os dedos, fiquei desconcertada com essa gentileza radiante, tive vergonha, eu não tinha nada pra ela, fucei na minha bolsa de couro, dessa marca do deus grego da sorte que adoro e que custa o salário anual de seu marido, dela e de seus filhos juntos, tem algo que eu possa lhe dar? Minha carteira enorme, um batom, um vaporizador de bolsa, meu telefone, minhas chaves, uma caixa de fio-dental, mas nada, nada pra ela. Ah, se Calamity-Vic estivesse ali, teria soltado um:

– Ricaça mão de vaca!

De repente tive vontade de tirar minha carapaça de tatu, tive vontade de fazer o bem a alguém, e mais precisamente a ela, tive vontade de tirar meu coração de dentro do peito e dar a ela, exatamente assim, de dar-lhe entre minhas mãos, como um presente, me desculpando pelo sangue que escorria.

Observei suas mãos enquanto ela mexia negligentemente nos cabelos, ela fez as unhas, o esmalte é bem recente, a última camada ainda brilha. Quis elogiá-la:

— Adorei suas unhas! Deixa eu ver? Esse vermelho-framboesa está lindo em você.

Ela olhou para suas mãos e sorriu, feliz por eu ter notado, elogiado, depois me explicou que sua cunhada fez suas unhas, nessa manhã, especialmente para o sarau.
Em minha cabeça, dei um nome para o esmalte framboesa de minha amiga: *I Love You Too*.

* * *

Esse sarau foi, claramente, uma apoteose de talentos, de restaurar a fé no futuro, o Brasil é isso, um país inventivo que mantém a cabeça erguida, um país empreendedor e, contrariamente à imagem que a TV dá, um país inteligente.
Gostei particularmente de um jovem professor que trabalha nas favelas, ele deve ouvir histórias todos os dias, se inspira nelas pra escrever, eu adoraria ouvi-las todas, percebo a que ponto amo ouvir histórias e contá-las na minha cabeça também, isso é novo, mas acho que é o efeito sarau. Preciso entrar em contato com ele, como fiz com Ghetto-Boy, farei uma doação à sua escola, por que não doar-lhe os velhos computadores da empresa?
Depois é a vez do Tio Vitor, como todos o chamam, já o vi. Negro, cabeleireira branca, alto, sorriso fácil e brilhante. Calça bege, camisa azul celeste impecavelmente engomada. Um homem ainda belo e charmoso, apesar dos anos. Ele entra em cena com suas folhas datilografadas, põe os óculos, limpa a voz.

* * *

Hoje vou contar a história de um homem, poderia ser a de inúmeros brasileiros... Mas é a minha e vou contá-la a vocês com honestidade.

Eu nasci há mais ou menos setenta anos em uma cidade abandonada de uma região abandonada. Mas é como se tivesse nascido há dois séculos. Na minha cidade, na época, não havia nada, não tínhamos nada, eu até diria... que vivíamos quase como animais.

(*Murmúrios na sala*)

Sim, vivíamos como animais, no dia a dia. Nenhuma projeção para o futuro, viver se resumia a lutar para ainda estar vivo no dia seguinte, a rezar para que Deus nos mantivesse vivos, e depois agradecer por ainda estarmos vivos.

Não posso dizer que era infeliz. Passei fome, sim, sempre tínhamos um buraco no estômago. O feijão, a farinha, a mandioca, a carne que nos alimentava, as frutas que davam nas árvores, isso não calava nossos ventres famintos; quanto ao resto, fui feliz durante a minha infância, livre. Eu era o oitavo de quatorze irmãos, dois morreram ao nascer e os outros ao longo do caminho, por doenças, acidentes...

Meu pai não era um homem falante. Ainda ouço: "Mulher! Tô com fome!", quando ele voltava do campo. Ele praticamente só falava isso. Acho que ele falava mais com seus bichos do que com minha mãe.

(*Risos do público*)

Hoje vocês dão risada, mas antigamente era assim, era outra época... Minha mãe obedecia a meu pai, nunca teria pensado em levantar a voz com ele. Uma mulher submissa, ocupada de manhã à noite, nunca parava, os filhos, as galinhas, os porcos, a horta, a cozinha, a cerâmica – minha mãe trabalhava o barro, era muito dotada, ela fazia utensílios de cozinha para toda a vila, e chegava, durante suas raras horas de liberdade, a moldar outras coisas que não fossem utensílios – um peixe, um tatu (ela adorava tatus), um pequeno Jesus para o Natal, uma estátua da Virgem Maria.

Ela acabou conseguindo uma pequena banca no mercado. Ela tinha certo sucesso, e trocava seus objetos por açúcar, exclusivamente. O dinheiro ganho com a cerâmica era para seus filhos. Em seguida ela nos fazia bolos, geleias. Que festa!

Toda vila trabalhava nas terras do coronel, mas muitas famílias tinham a sorte de possuir alguns terrenos, dos quais a colheita lhes pertencia inteiramente. Acho que o avô do coronel tinha dado um pequeno lote a meus avós, no momento da Abolição. A menos que... Nós sempre suspeitamos que a cor de pele café com leite da minha avó tinha alguma coisa a ver com a família do coronel...

Nós não tínhamos rádio. Mas íamos ouvi-lo na casa do coronel, caindo de sono – ninguém estava habituado a deitar assim tarde, o querosene das lamparinas era precioso como a chuva, então deitávamos e acordávamos com o sol, que nem galinhas.

É claro que meus pais eram analfabetos, como toda vila. Ninguém sabia ler ou escrever. Mas havia uma mulher que tinha um livro, lembro-me muito bem dela, Tia Inocência, uma vizinha, era a curandeira. Oh, ela também era incapaz de ler, mas guardava o livro preciosamente dentro de um baú – era de seus pais, que o conseguiram não sei como. Era um almanaque, com fotos, desenhos, títulos grandes e pequenos, e muitas páginas. Eu era fascinado por esse livro. Tia Inocência me dizia que era um tesouro, que encerrava numerosas histórias, histórias fantásticas, de outros mundos, de outras crianças, de outros homens... Mas que era preciso saber ler para ter acesso àquele mundo.

Por alguma razão, esse livro desencadeou uma imaginação desenfreada em mim. Ele me abriu um campo de possibilidades. Até então, sempre tinha acreditado que a vida era o que eu tinha embaixo de meus olhos e nada mais que isso. Havia o coronel, que era gordo de tanto que comia, que tinha belas roupas e sapatos enquanto nós, até os dez anos, andávamos nus – mas no fim das contas, ele tinha, praticamente, a mesma

vida que nós, e sua mulher havia morrido no parto, como as lavradoras do vilarejo. Mas de acordo com a Tia Inocência esse livro contava histórias de vidas diferentes, das quais nem eu nem ela tínhamos a menor ideia. Uma vida em que o céu não é azul? Um país em que a terra não é vermelha? Onde os homens andam sobre as mãos? Eu enchia Tia Inocência de perguntas, ela respondia mais ou menos, procurando na memória todas as histórias de cordel de que lembrava...
Ela se lembrava de muitas histórias de amor. Eu me pegava sonhando com princesas de longas tranças loiras como espigas de milho, com príncipes de cavalos brancos – as únicas tranças que eu conhecia eram negras, e nunca tinha visto cavalos brancos, nem o poderoso coronel tinha um cavalo branco.

– E onde esse novo mundo fica, Tia Inô?

Ela olhava para o horizonte, à direita, à esquerda, hesitava, colocava a mão na boca dizendo "Mmmmm... Espere para ver se eu me lembro..." E depois ela esticava o braço em direção ao horizonte, lá onde o sol nasce, e dizia:

– Ali.

Foi nessa época que jurei a mim mesmo que sairia dali. Hoje, pensando em retrospectiva, ainda me pergunto como pude pensar em partir, já que ninguém partia nem chegava. Era como se nossa vila ficasse num beco sem saída, ninguém passava por ali...

Como pude desejar uma outra existência? Eu via Mamãe, via Papai, Vovó, Vovô, Titia, Titio, eram todos iguais, todos se pareciam e eu iria ficar como eles. Mas eu pensava: "Não é possível que a vida seja isso".

É o almanaque. Sua simples existência me dizia que havia outra coisa.

E foi logo depois que chegou à vila um padre que falava de forma estranha porque vinha de lá, do Leste, do outro mundo. Eu o tomei como um enviado do Céu – sem contar que ele não parecia fisicamente com a gente, nem parecia com o coronel – ele era mais branco, corado mas não escuro, os cabelos, o corpo, os modos, tudo era diferente...

Todos metemos a mão na massa para reformar a igreja, uma igreja minúscula do tamanho de uma capela, que o avô do coronel tinha construído no século passado; Papai e os outros homens a caiaram de branco; eu me lembro do dia da inauguração, foi no mesmo dia de São João, que festa! Durante três dias, como num mutirão, o padre casou todos os adultos em concubinagem e batizou todas as crianças. O coronel nos ofereceu bezerros, fizemos um grande churrasco, nossos estômagos habituados à dieta se reviraram todos por esse súbito excesso...

Vocês imaginem, não tínhamos nem certidão de nascimento na época... Foi esse certificado de batismo que em seguida me serviu de documento de identidade por toda minha vida – eu me lembro bem do dia do meu batismo, eu estava do lado de Mamãe, o padre lhe perguntou:

– O Zezinho nasceu quando?

Na época, eu me chamava José.

– Ai, meu Deus, o que eu sei...

– Tente se lembrar de um evento que ocorreu um pouco antes ou depois...

– Eu me lembro que estava gorda como um balão, tínhamos ido na casa do coronel para ouvir *A hora do Brasil*, foi lá que soubemos do fim da Grande Guerra. Eu estava quase no fim, a caminhada em plena noite pra voltar me esgotou, tive uma dor danada nas costas no dia seguinte... Dei à luz logo depois.

– Digamos então que nosso Zezinho nasceu em 8 de maio de 1945. E vamos chamá-lo de Vitor como lembrança.

Isso deve tê-lo divertido.

O padre cuidava de todas as vilas da região, a gente o via trotando todo dia, pelos montes e vales, em cima de uma mula. Ele casou e batizou todos os cristãos que a região podia contar, depois quis nos ensinar a ler.

E então, acreditem se quiserem, mas eu descobri um dom. Imediatamente memorizei, entendi, soube juntar as sílabas umas às outras, as palavras umas às outras. Eu tinha uma bela caligrafia. É claro que devorei o almanaque da Tia Inô e todos os outros livros do padre.

Preciso dizer que o padre me botou embaixo de suas asas, ainda que nada o obrigasse. Eu era um negrinho descalço, não era ninguém... Ele me transmitiu o que sabia, generosamente, sem pedir nada...

(*Sua voz embarga*)

Devo tudo a ele, ao padre Aimé.

(*Tio Vitor para, comovido. Sua boca treme, ele aperta os lábios, pisca os olhos para conter as lágrimas, ajusta os óculos, recompõe-se*).

Bom, vou acelerar, não vou contar toda minha vida, senão vocês vão ficar aqui até amanhã, hein, pessoal...

– Sim, Tio Vitor, conte...

(*A história de Tio Vitor é a deles, a de seus avós, de seus vizinhos. O público fica comovido*).

Enfim, depois de algum tempo, não sei quando exatamente, um ano, talvez dois anos, o padre Aimé foi embora. Ele tinha que cuidar de outros pobres, levar a palavra de Deus a outros lugares.

Fui embora com ele. Eu era sua cria, entendem, ele tinha me ensinado tudo que podia, Português, Francês, Matemática, História, um pouco de Geografia, Ciências e eu, com minha memória fenomenal – que tenho ainda hoje, meus amigos são testemunhas –, eu repetia tudo, guardava tudo. Mas ele tinha chegado ao seu limite e reconhecia isso. Ele perguntou a meus pais se eles queriam me confiar a ele, ele me confiaria em seguida a alguém de confiança, se certificaria disso e procuraria sempre notícias minhas. Ele ia me dar uma vida nova, eu poderia me tornar alguém.

Mamãe e Papai aceitaram sem hesitar, eu não tinha nada a perder, era como se nada fosse pior do que ficar aqui. Para eles, era impensável deixar essa terra, mas eles foram inteligentes para desejar o melhor para seu filho. Eles me deram como se dá um cachorrinho à adoção, sem arrependimento mas com amor.

Mamãe chorou no dia de minha partida e da partida do padre Aimé, assim como Tia Inô e toda a vila, reunidos diante da igrejinha, os homens de chapéu na mão, as mulheres enxugando os olhos com a ponta da saia, todos esses rostos marcados que eu via todo dia e que nunca mais revi.

Papai me apertou em seus braços, desajeitadamente, ele colocou seus dois braços estendidos sobre meus ombros e me disse, orgulhosamente:

– Meu filho. E com seu bigode, murmurou: Torne-se um homem.

Hoje, papai estaria orgulhoso de mim.

(*A voz de Tio Vitor embarga novamente. Ele para por alguns segundos*).

Eu me tornei um homem inteligente, terminei o colégio, comecei a trabalhar em um escritório. Eu vivia atrás de um rabo de saia; as mulheres eram meu ponto fraco... Na cidade grande, conheci moças, mulheres, estrangeiras. Meu calcanhar de Aquiles – sempre adorei as estrangeiras, quanto mais pálidas, mais eu ficava louco por elas. Tive uma história um pouco mais séria com uma estrangeira, uma voluntária em um projeto beneficente, ela me convidou pra voltar com ela à França.

À França, o país do padre Aimé! Evidentemente agarrei a oportunidade. Era 1968.

Cheguei na França em plena revolução estudantil, um período inacreditável, eu dizia que era brasileiro e ganhava todas as simpatias, "Ah, os militares! Ditadura assassina! Seja bem-vindo, camarada!"

Preciso dizer, a França me recebeu de braços abertos. Eu convivia com intelectuais brasileiros que jamais poderia ter conhecido no Brasil, pois estávamos reunidos em torno do exílio, que abolia, pelo menos na aparência, as fronteiras de classe. Esqueci rapidamente minha primeira francesa pra seduzir outras, fascinadas pela minha cor de pele, meu sotaque, meu país, minha história...

Sim, minha história, pois nesse meio tempo, tinha me tornado um refugiado político, o que permitiu que eu obtivesse rapidamente meus documentos, apresentando a certidão de batismo do padre Aimé e contando histórias de supostas perseguições. Era mais louvável dizer isso do que confessar que eu era um refugiado da miséria, um imigrante da fome que passei em toda minha infância, um sobrevivente do subdesenvolvimento! E em dois palitos, me tornei um cidadão francês!

Tive muitas mulheres, que queriam todas me amarrar, me prender, me aprisionar, mas eu queria conhecer outras, tinha outras ambições. Nas histórias de cordel da Tia Inô tinha a história de uma moça pobre que se apaixonava por um príncipe e acabava se casando com ele, e por que não a história de um moço pobre apaixonado por uma princesa que acabaria se casando com ela? Então escalei os degraus da sedução, seduzindo sempre mais, mentindo sempre mais, inventando torturas, prisões, ameaças de morte.

Na França, tive muitos filhos, de mulheres diferentes, oficiais ou escondidas...

(*Risinhos na audiência*)

Uma menina, três meninos.

E depois, e depois... Vou acelerar, bem, chega um momento em que o castelo de cartas desaba, em que as mentiras não se sustentam mais; e depois, é dura a vida na Europa, a gente está sozinho, as pessoas são frias, eu sentia falta do calor humano. E no começo tudo parecia dar certo, tudo era fácil, durante alguns anos eu realmente ganhei muito dinheiro, eu inventei um falso diploma que nunca incomodou ninguém, eu trabalhava bem, mas isso incomodou a polícia que veio se meter... Então saí de fininho... Abandonando toda a vida que tinha construído nesse novo país.

Fui para os Estados Unidos, no começo dos anos 1980, eles tinham a política da *affirmative action* para os Negros com diploma ou com a minha lábia, era o país das oportunidades! Fiquei lá uma dezena de anos, acho até que tive vários outros filhos por lá...

(*Novos risinhos do público*)

Lá também, tive uma ascensão fulgurante e uma queda igualmente sensacional. Novamente tive que me mudar, deixei a costa Oeste pelo Texas, e recomecei mais uma vez do zero...

Pouco depois dos meus 50 anos, fiquei de saco cheio e quis voltar para o meu país. Conheci uma mulher no Rio de Janeiro, com quem vivi; e depois conheci uma outra mulher em São Paulo, com quem vivo ainda hoje... Somos muito velhos pra ter filhos, mas cuido de seus netinhos como se fossem meus, eles moram com a gente durante a semana para que sua mãe trabalhe, eles me chamam de Vovô Vi... E todo bairro me chama de Tio Vi...

Hoje estou diante de vocês para dizer-lhes que sou feliz.

(*Melosos Oooohs da audiência*)

Estou satisfeito, sou o Vovô Vi de meus três tesouros – Scarlett, Marylin, Jessika, três meninas; as três princesas com as quais sonhava quando era garoto, eu as tenho!...

Bem, é tudo. Eu queria contar minha história, com honestidade, sinceridade, para testemunhar. Testemunhar primeiro sobre a força de vontade – quando queremos, podemos. Nada predestinava um negrinho do interior como eu a estudar, a dar a volta ao mundo.

E também queria lhes dizer que a paz interior às vezes é difícil de encontrar, é preciso tempo para acessar a felicidade,

mas não é preciso se desesperar. Acreditem na sua estrela da sorte, observem-na de noite, toda vez que for possível, mas mesmo que não a vejam, ela está lá, ela os protege, e um dia ou outro, ela se manifesta. Às vezes ela é caprichosa e quer ser desejada... Mas ela sempre se manifesta. Eu tive a prova. Eu sou a prova.
Deus vos abençoe, meus amigos.
(*Chuva de aplausos*)
Tio Vi eclipsou todos os outros participantes do sarau naquela noite. Foi ele quem recebeu a maioria dos elogios, dos abraços, algumas pessoas tiraram *selfies* com ele, foi o herói da noite.

* * *

Fui embora sem me despedir de Titia-Doce, antes do fim, obrigando todo mundo a se levantar pra me deixar passar.
– Que bela história o Tio Vitor contou, hein, Dona Victoria?
Esse imbecil do Dentuço se enfiou na sala e deve ter derramado lágrimas escutando a lição de paz espiritual chinfrim do Tio Vitor.
– Você acha? Eu lhe respondi secamente.
Dentiota não insiste, sabe seu lugar, fico ruminando meus pensamentos, sentindo a rolha subir, subir, a explosão bem próxima, estamos quase chegando, quarenta minutos talvez, jamais poderei dormir nesse estado, preciso extravasar...
– Você acha que a história do Tio Vitor é uma bela história?
– Perdão?
Tem certeza que escutou direito sua história, desse aí que faz o tipo vovozinho monge budista? E os filhos que ele teve, você faz o que com eles? Ele nem se dignou a nomeá-los, en-

quanto mima os três bastardos que nem são dele, as chama de suas princesas, mas esse cara, ele nem mesmo cuidou dos próprios filhos, que filho da puta.

Isso foi o que se passou pela minha cabeça enquanto Dentiota me olhava pelo retrovisor abrindo a boca com uma cara de imbecil, eu tento, tento conter o fluxo, mas não consigo:

– Você estava com aqueles que deram risada, né, quando ele falava de suas mulheres oficiais e de suas amantes... Que engraçado, né?

Mordo os lábios pra me calar, e todas essas crianças que o filho da puta abandonou à própria sorte, que desgraçado, ele nem sabe seus nomes!

– E esse tipo é o herói do bairro? Bem...

Agora mordo a língua e aperto as unhas na palma da mão, cala a boca, merda, calaessabocagrande, está sendo ridícula na frente de seu motorista, esse idiota me enoja, não me surpreende que seus bairros estejam podres, gangrenados pelo alcoolismo, pela violência conjugal, pelo tráfico de drogas, pelos esgotos, bem feito pra eles, no próximo deslizamento de terra ou na próxima visita dos tiras podem realmente morrer todos, que morram, eles seguem qualquer bom orador que conta uma história, entendo melhor o resultado das eleições políticas desse país, que se danem, bando de imbecis, vão se foder, bando de filhos da puta...

– Esse filho da puta do Tio Vitor...

Enfio as unhas nas minhas coxas por cima da saia de pele de carneiro, mas não adianta, aperto a mandíbula mas não me contenho, grito:

– É o tio de todo bairro, mas não é o pai de ninguém, porra!

Eu me curvo, mordo as coxas para fechar a boca, sangro, sangro, sangro.

– É isso uma bela história?

Comprimo minha cabeça apertando as coxas contra minhas têmporas, mas é muito tarde e desato a chorar, compulsivamente.

Fora de controle

Mandei o Dentuço embora no dia seguinte com uma carta de recomendação excelente. Vou sentir sua falta. Mas ele não poderia continuar depois que me viu daquele jeito, fora de controle.

* * *

Quando me separei do Primeiro-Marido, começamos a dizer umas verdades um na cara do outro, até aqui nada anormal, mas ele nunca disse a ninguém que eu tinha batido nele; uma vez eu tinha até corrido para a cozinha, por desespero, tinha pegado uma grande faca Santoku, o que eu estava pensando, meu Deus? mas felizmente, o barulho metálico da faca saindo do suporte bruscamente me acordou de minha loucura crescente; enfim, Primeiro-Marido nunca disse que eu tinha batido nele, e mais de uma vez, quando as ferramentas ensinadas por mamãe não funcionavam mais, quando era preciso que eu batesse em alguém que não fosse eu, porque bater em mim não era suficiente, era nele que eu batia, não era o caso de quebrar um braço, mas eu batia nele, batia como podia, mas os homens são fisicamente mais fortes que as mulheres, eu, pelo menos, sempre escolhi homens fortes, ele me imobilizava rapidamente, ordenava que eu me acalmasse "Calma, Vic, merda, calma, CALMA!", mas eu não conseguia me acalmar, era desesperador, era impossível me acalmar, como um avião lançado à pista de decolagem, não dá mais pra pedir pra frear, eu puxava seus cabelos, tentava arranhá-lo, devia parecer patética, e berrava, berrava, ficava sem voz depois, uma vez até achei ter perdido uma corda vocal, vários dias falando como uma morta-viva; enfim, me sentia desamparada, inundada por esse sentimento terrível, uma histeria incontrolável, submersa e impossível de expulsar; a loucura toma conta de mim, fico inflamada, a ponto de explodir, a válvula de segurança a todo vapor, como abro a tampa? Primeiro-Marido tentava me segurar pelos braços, mas eu me mexia, me contorcia, me debatia, ele acabava me imobilizando deitando em cima de mim, eu ainda lutava, ofegando, ele também ofegando, na minha orelha e depois, pouco a pouco, a espiral descia novamente.

– Me solta, chega!

Ele hesitava.

– Me solta, não tá ouvindo?

Ele me soltava e eu ia chorar no nosso quarto, morta de desgosto, incapaz depois de olhar nos seus olhos por dias, com vergonha por ele ter me visto assim, fora de controle.

Mestiça

Conheci esse cineasta francês promissor no consulado da França no Rio de Janeiro, ele tinha sido convidado por conta do cineclube, ao qual compareço todos os anos na noite de abertura, minha empresa patrocina o Festival generosamente – a política de incentivos fiscais propiciou uma expansão sem precedentes ao setor cultural do Brasil – então sou recebida com todas as honras e apresentada a esse cineasta. Ele começa a falar um inglês catastrófico, deixo-o se atrapalhar um pouco, oito anos aprendendo inglês quatro horas por semana no colégio e no liceu e incapaz de manter uma conversação normal, os franceses são realmente lamentáveis em línguas estrangeiras, depois digo que falo francês, que sou francesa. "Ah, é!?", felizmente escapo no "Não parece..."

Acho que o cara me paquera, manda sorrisos sedutores sem ficar com vergonha de seus dentes de fumante; não me surpreende, dez dias com tudo pago no Rio de Janeiro, sem mulher, sem filhos, e diante do protótipo da mulata brasileira, ele seria bobo de não aproveitar. A não ser que esteja atrás de meu talão de cheques?

– Você é mestiça?

Sim, ele realmente me paquera, uso um vestido *fourreau* amarelo imperial, bem decotado nas costas para mexer com

o imaginário, mas não o suficiente para parecer vulgar; mas não estou bem-humorada essa noite – meu esmalte verde relva se chama, bem a propósito, *Stay off my Lawn*.
– Por quê?
– Quero fazer um filme sobre uma mestiça... Tenho o roteiro em mente há um bom tempo... É a história de... E ele desenrola todo o novelo de sua história, tem a intenção de fazer o novo *Shadows*? Não escuto; felizmente vêm me cumprimentar, aproveito para me eclipsar sorrindo graciosamente:
– Boa ideia. Espero que leve o projeto até o final. Boa estadia no Rio.
Minha lendária covardia... Ele consegue me passar seu cartão, mais um que não entendeu que estamos na era digital, olho rapidamente.
Olha só, um Judeu ou, em todo caso, tem um nome judeu.

* * *

Lembro-me de dois livros sobre a condição do Negro e do Mestiço que me marcaram profundamente, dois livros escritos por não-Negros, mais precisamente por judeus, obras-primas, precisaria reler para ver se ainda me agradam tanto, especialmente aquele que conta a história de um professor universitário nos Estados Unidos que tinha decidido que não queria mais ser Negro, a Mãe Natureza o tinha mimado dando-lhe uma pele muito clara, traços pouco negroides, ele tinha se mudado, tinha mudado de Estado e tinha inventado sua própria história. Eu havia achado esse gesto de uma liberdade suprema, até o momento em que ele se enrola em suas mentiras, ou melhor, até que a sociedade faz com que ele pague sua vontade de emancipação. Lembro-me de ter me perguntado como esse Judeu tinha adivinhado como era ser Negro e como devia ser bom se libertar.

Os Judeus, sempre invejei os Judeus, queria que me dessem a receita da resiliência, como conseguiram se levantar? Eles também remoem e brandem seu trauma permanente, nisso, Judeus e Negros se parecem; com a exceção de que seu sucesso profissional não se compara ao dos Negros, como se eles tivessem sido bem-sucedidos em seu luto, e nós não, será que é porque conseguiram colocar placas comemorativas em todas as escolas da França, ter museus em todas as cidades da França, enquanto que, na França, quem estuda a escravidão? E, mais importante, quem estuda as revoltas dos escravos? Na França, o primeiro museu consagrado ao tráfico negreiro foi inaugurado em 2015 – 2015, merda! E está a 10000 Km da capital do país, em uma ilha perdida – ao mesmo tempo, se havia um lugar para construir esse museu era lá, mas mesmo assim, não há humilhação nessa omissão?

* * *

Essa ideia do roteiro sobre uma mestiça não sai da minha cabeça, é verdade que seria original, eu que reclamo da falta de diversidade, e mais particularmente da falta de interrogações sobre a mestiçagem. Na literatura a falta é gritante, o cinema e as séries de TV são mais modernos sobre esse assunto, mas mesmo assim; o que esse John Cassavetes Judeu *bobo* poderia escrever sobre? Sim, um verdadeiro *bobo* – a contração de burguês com boêmio, adoro esse termo, reflete muito bem esses filhos da burguesia que tiveram dinheiro suficiente quando crianças para não se preocuparem com ele e se tornarem, em suas horas de lazer, rebeldes, artistas e boêmios.

Conheci muitos *bobos* brancos privilegiados, revoltados contra a banalidade do racismo anti-Negros, geralmente adoram os Negros, até mesmo ostentando camisetas *Black*

Soul, Black Music, para mostrar sua simpatia – não vi muito *Black Lawyers, Black Doctors, Black Engineers*, mas enfim –, eles defendem tanto o Negro que até mesmo negam a ideia de cor da pele:

– Claro que não! A primeira coisa que penso quando te vejo não é que você é negra, nem vejo isso! E depois, você não é negra, você é mestiça. Enfim, te vejo como uma mulher, é tudo!

Às vezes, acrescentavam *bonita* quando queriam direcionar a conversa para outro lugar.

Já notei que os Brancos sentem-se estrangeiros à noção de cor. Mamãe-Branca fazia parte desse grupo, nunca falou da cor da minha pele, no entanto, ela falava do meu cabelo cacheado, isso sim, e a cada vez que eu deveria estar bem vestida para uma ocasião especial, uma audição de piano, um almoço na casa de amigos, ela alisava meus cachos, que não eram chiques, quem diz chique diz liso; enfim, eu já falei, e estou a cada dia mais convencida, é assim que funciona o privilégio: o privilégio é invisível para quem o possui.

Vênus

Solta, minha imaginação está solta, eu imagino a história escrita pelo pseudo John Cassavetes. A história de uma mestiça triste ou a história de uma mestiça alegre? A história de uma mestiça que se assume totalmente ou a história de uma mestiça cuja cor de pele é uma tragédia? Eu imagino John Cassavetes escrevendo um roteiro... A história de uma mestiça, vamos chamá-la de Vênus e, vejamos, para evitar uma aproximação óbvia, vamos inventar uma mestiça senegalesa.

* * *

Vênus é uma garota bonita, de nome simbólico, seus pais realmente se amavam e acreditavam no amor eterno. Mas a vida é o que é, as paixões não são feitas pra durar, seus pais se divorciaram rapidamente, seu pai partiu sem deixar endereço, sua mãe não se casou novamente, elas moram juntas e se dão bem: Vênus é uma criança inteligente, brincalhona, fácil. Elas moram numa cidade pequena, em uma casinha, com um quintal, um labrador bege chamado Leo, Vênus anda de bicicleta e de patins pelo bairro.

Vênus, alegre e engraçada, excelente aluna, esportiva, cheia de energia, sempre líder das equipes, temida nos recreios, Vênus, garota sempre convidada para os aniversários, sempre ocupada, um pouco moleca. Ninguém lhe perguntava sobre aquilo porque ela percebeu, mais tarde, que todo mundo achava que ela era adotada. Normal, uma garota negra, ou tal como, e uma mamãe bem branca e bem loira, "o dia e a noite", sempre repetiam quando as viam. Talvez fosse uma característica da época, o começo dos anos 1980, o contexto geográfico, essa pequena cidade de província... Ela nunca tinha pensado muito a respeito, pequena, percebia que tinha uma cor de pele diferente das outras, e sabia que era por causa de seu pai, esse Mistério, mas ela adorava Mamãe, ela era tão legal, a Mamãe! Então aquilo não era importante; a vizinha a chamava pra rua, ela tinha pendurado papelão nos raios de suas rodas da bicicleta com prendedores de roupas, fazia um barulho de moto, "Vem, ráaaaapido, Vênus!", então Vênus corria pra pegar sua bicicleta, saía com Leo como um furacão e esquecia tudo isso.

(*No roteiro do pseudo John-Cassavetes, essa passagem sobre a infância poderia ser durante os créditos iniciais, ou no começo, fotografias sépia que passam, ou trechos de velhos filmes Super-8, por exemplo, com uma música no fundo, talvez uma música francesa dos anos 1980?*)

No começo de sua adolescência, quando Vênus não estava sempre acompanhada de sua Mamãe, ela teve que aprender a se apresentar sozinha, sem essa referência a seu lado, e a responder questões sobre "aquilo" – sua cor de pele, suas origens, seu "país". Ela não tinha de fato preparado suas respostas, então respondia ingenuamente, dizendo a verdade, porque sua mãe a havia criado assim. Seu pai é senegalês, mas seu país é a França, porque de qualquer forma, ela nasceu aqui, ela sempre viveu aqui, sim, seus pais são divorciados.

"Não, eu não o vejo mais... Não, eu nunca fui ao Senegal... Não, eu não cozinho pratos da África... Não, eu não falo a

língua da África, já falei, nunca fui pra lá... Não, não conheço nem meus avós, nem meus tios, nem meus primos..."
 Mas é complicado entender todos esses "nãos" em uma sociedade onde, globalmente, os laços familiares ainda são intactos. Então, pouco a pouco, Vênus modificou seu discurso, a verdade é que com o passar do tempo, ela ficou cansada de ter que abrir toda sua vida para qualquer desconhecido... Além disso, um dia ela percebeu que isso jogava contra ela: de líder, de capitã de equipe, Vênus passou ao status de pobrezinha: "Espere aí, ela não conhece o pai..."
 Vênus notou que as pessoas nunca faziam uma única questão, mas várias, ela se sente injustiçada, tem a impressão de que nunca perguntam aos outros questões tão pessoais, e para ela, sempre perguntam de imediato sobre "suas origens" (como ela detesta essa palavra, arrepia seus cabelos, ela passou toda sua vida em Orléans (*escolhi essa cidade ao acaso; Orléans, de todo modo, deve ser difícil pra todo mundo, então imagino que para uma mestiça senegalesa, deva ser pior*), com uma mãe fã de France Gall e de Jean-Jacques Goldman, enquanto todo mundo acha que ela é super entendida em *jazz*, música *soul*, música *black*), é realmente bizarro perguntar a alguém que acabamos de conhecer o estado de suas relações familiares, o que ela põe no prato, o que faz em suas férias.
 Por que todas essas questões sobre ela, se também poderíamos perguntar àquela menina com o nome cheio de *y, w,* e *sch,* de onde ela vem? Ela também deve ter histórias familiares pra compartilhar, férias pra contar, receitas à base de beterraba pra serem saboreadas – por que só ela tem que contar, desde o início, sua história?
 (*No roteiro de John-Cassavetes, seria preciso condensar essa passagem em uma cena representativa; por exemplo, Vênus chegando a uma festa de adolescentes, com uma amiga, elas não conhecem muita gente, os outros adolescentes – sem má intenção, será preciso insistir nesse ponto – bombardeiam-na de questões*).

Vênus faz o *baccalauréat* e vai de Orléans para Paris, para estudar na universidade.

(*No roteiro de John-Cassavetes, poderíamos vê-la chegar a seu novo apartamento, uma kitchenette, ou um quarto em uma residência estudantil, ela se sentaria diante de uma folha em branco com seu labrador do lado — sim, Leo a seguiu, ela nunca poderia deixá-lo — e pensar em todas as possibilidades. Vênus escreve sua história que será a partir de então sua história oficial*).

A Melhor-Amiga, que também se mudou para Paris, seria a única a saber a verdade.

Vênus escreve o título na folha: "Vênus. Pai senegalês, mãe francesa" (Isso não estou inventando, ela pensa). E ela se prepara para enfrentar todas as situações.

Primeira situação:

— Você vai pra lá nas férias?

— Fui uma vez (uma mentira, mas tudo bem), mas detesto, é muito quente, um fim de mundo (para cortar logo a conversa).

Segunda situação:

— Ah, é, e onde esteve?

(A gente diz que não gostou, mas eles insistem. Não importa. Vênus procurou na internet... Ela escolheu Casamansa).

— Casamansa, é uma terra perdida, deixa pra lá... É um buraco! Horrível.

Vira e mexe, na verdade frequentemente, o diálogo caminha para o humanitário:

— Minha prima esteve na Etiópia, trabalhava em um orfanato. Nossa, que dureza toda essa miséria, né? Mas ela adorou.

— Minha tia foi para o Quênia quando era jovem para um projeto de microcrédito. Ela adorou.

— Meu irmão foi para Ruanda para fazer poços. Ele adorou.

As pessoas sempre adoram a África.

– Tenho muita vontade de ir para a Namíbia, você teria alguma dica?

A cada vez, são países situados a milhares de quilômetros do Senegal, um pouco como se você dissesse a um polonês que o seu primo esteve na Grécia. Mas a África é um lugar grande e único, de cultura muito rica, bem mais rica que a cultura da Polônia, por exemplo.

Terceira situação:

– E você sabe fazer pratos senegaleses? Nossa, eu sou louca por um Mafé, me faz um Mafé, por favor, por favor, Vênus?

(Vênus pegou na internet a receita do Mafé. Ficou bom logo da primeira vez. Elogiaram-na, como se ela tivesse um segredo de família. Ah, o dom nativo! Depois ela aperfeiçoou um pouco – na verdade, deixou mais leve, porque o amendoim dos caipiras, alô colesterol, era muito pesado pra digerir. Enfim, durante um ano, a cada festa na casa dos amigos, ela era a Vênus com o seu Tupperware-de-Mafé. Depois, ela tentou outras coisas – os *acras*, todo mundo é louco por *acras*, mesmo que fosse das Antilhas, ela também faz. Tem pimenta, é gorduroso, mas ninguém liga. E aqui também, ela tem o dom nativo).

Quarta situação (a questão dolorosa):

– E seu pai, alguma notícia?

Saindo de Orléans para Paris, e deixando seu mundinho bastante conservador, Vênus descobriu um monte de outras crianças cujos pais são divorciados. Ela já tem menos vergonha. Exceto que eles, mesmo com os pais divorciados, acabam vendo o pai no fim de semana, nas férias, nas festas – ou, no pior dos casos, só no Natal...

– Ele mora nos Estados Unidos agora, é complicado pra gente se ver...

– Que sorte, se fosse eu, iria direto para os States, olha, você nem precisaria pagar aluguel, muito legal! E onde que ele mora?

Na primeira vez, ela gaguejou um pouco. É verdade que todo mundo conhece os Estados Unidos. Ela procurou uma cidade bem fodida, e a encontrou na Dakota do Norte. Ela não escolheu Nevada porque ali existem super paisagens, ela não escolheu Nova York, ou São Francisco ou Seattle porque todos os franceses um pouco *cool* vão pra lá, ela escolheu Dakota do Norte, ali onde provavelmente nenhum francês jamais colocou os pés, o estado que lhe pareceu o menos interessante, aliás, nem existe guia de viagem sobre – dessa famosa coleção de guias de viagem para mochilões, que permite reconhecer rapidamente os franceses de férias pelo estrangeiro.

– Olha, ele mora no fim do mundo da Dakota do Norte, que merda vou fazer lá? Ainda se fosse L.A. ou Chicago, mas Dakota do Norte é uma porcaria, deixa pra lá...

Quinta situação:

(*Não, finalmente o pseudo John-Cassavetes suprimiu essa situação, ele queria transformar a família da mãe de Vênus em racistas, que não teriam aceitado o casamento de sua filha. Mas seria demais, pais divorciados, família despedaçada, vamos cair no miserabilismo, uma garota-problema, não, Vênus é uma moça gentil de classe média, amada e querida*).

Sexta situação:

– E Vênus quer dizer alguma coisa em sua língua?

Isso é verídico, um dia um cara tinha lhe perguntado, ela ficou tão perplexa que respondeu apenas um "Bem...", mas ela prometeu a si mesma que na próxima vez que perguntarem, ela responderá:

– Quer dizer *femme fatale* em suaíli.

Ela notou que o suaíli que, no entanto, é apenas um dialeto como centenas de outros na África, possui uma aura, os Afro-Americanos se põem a aprender suaíli, a traduzir Shakespeare para o suaíli – embora ninguém tenha traduzido *Romeu e Julieta* para a língua fula, devem acreditar que é uma língua de brutos.

Sétima situação:
– Vem, vem dançar, Vênus, você dança tão bem...
(Vênus certamente dança bem, porque ela é negra, africana e tem o ritmo no sangue...)
Então Vênus fez cursos de dança, em um bairro bem afastado de sua residência estudantil, onde ela tem a certeza de não encontrar ninguém conhecido. Ela se esforçou, suou muito, e por conta de muitas horas de dança por semana, depois de dois anos, ela confessa: ela dança bem.
(Vênus nunca diz que fez um curso e que treinou horas diante do espelho. É uma covardia que talvez contribua para manter o mito, mas não é ela, Vênus-Menos-Que-Nada, quem vai mudar o mundo, então ela mostra às pessoas o que elas querem ver). Vênus dança melhor que as branquelas de seu curso, por exemplo. Ela frequentemente se pergunta o porquê: tem um dom natural? Ou um desejo particular de vencer?
Ela parou na sétima situação, ainda que existam outras – mas para essas, as imprevistas, ela se sente capaz de improvisar.

* * *

Em breve, Vênus fará vinte anos. Melhor-Amiga quer organizar uma mega festa para ela, mesmo que Vênus não esteja bem nesse momento.
– Por isso mesmo, vai te fazer bem...
Vênus começa a recuar. Dois dias antes, ela tem uma crise de pânico, diz à Melhor-Amiga que é melhor cancelar, ela não irá à festa, não se sente bem, realmente não.
– Mas por que, o que aconteceu? Convidei gente que você não gosta? É muita gente, é isso, quer que eu diminua a lista, posso dizer a alguns para não virem, posso inventar algo... Quer mudar o DJ, o lugar? Vai ser tão bom, Vênus, para com isso...

– Não, não posso, realmente não posso.
Faz quase dois anos que Vênus está deprimida, então ela decide fazer o que devia ter feito há muito tempo: ver um psicólogo, pedir ajuda; ela anda muito sombria, e no fundo sabe muito bem de onde isso vem.
Mas ela não entende por que, pequena, isso não a afetava e, adulta, só pensa naquilo; ou ainda se pergunta por que, de menina alegre, líder, capitã de equipe, tornou-se essa jovem mulher bonita mas fechada, obcecada por sua aparência, sujeita a crises de bulimia seguidas de crises de anorexia. Quando começou a mudança?
Ela se lembra que, pequena, sempre tinha um gosto amargo na boca depois dos aniversários, dos Natais, porque, apesar de todos os presentes que ela recebia – sem papai--mamãe-titios-primos do lado paterno, a atmosfera jovial das festas de família ficava reduzida – ela sempre tinha um sentimento estranho, uma frustração, ela nunca tinha o presente de que precisava.
Ela percebeu um dia, em uma sessão com sua psicóloga, que a única coisa que ela queria no seu aniversário era seu pai. Que ele chegasse como nos filmes, com um pacote grande de presente nos braços, um enorme buquê de flores e toneladas de desculpas válidas para justificar sua falta, e eles recuperariam o tempo perdido.
Isso parece realmente absurdo – mas sim, quando menina, ela acreditava, inocentemente. A cada aniversário ela o esperava – ou ao menos um cartão postal? A cada Natal, ela o esperava – ou ao menos um cartão postal?
E se ele não ousasse vir revê-la, assim, de improviso? Talvez estivesse parado na esquina, no botequim perto do colégio, para observá-la clandestinamente.
E pouco a pouco, essa espera se inscreveu em sua carne. Permanentemente, Vênus espera alguma coisa que não acontece hoje, mas que talvez aconteça amanhã. E se ele não gos-

tasse do que via? Se, quinze anos após ter visto sua filha pela última vez, ele visse uma menina gorda, coberta de espinhas, mal vestida, indo mal na escola? Com certeza ficaria escondido. A espera então ganhou uma pressão. Vênus espera alguma coisa que não acontece hoje, mas que talvez aconteça amanhã, se ela merecer. É por isso que Vênus sempre foi muito cuidadosa com sua aparência, que sempre teve boas notas. Para agradar seu pai, no dia em que ele voltar.

Houve até um período, no ano passado, quando ela estava realmente no fundo do poço, em que ela observava fixamente os Negros na rua pensando: "Talvez seja ele". Ela eliminava os gordos, os feios, os mal vestidos. Na semana seguinte, era o inverso – ela observava os mendigos, os obesos, os imundos, os que tinham pelos encravados no rosto e os que fediam no metrô, pensando "Com certeza é ele", para se rebaixar.

Era nervosamente cansativo para Vênus imaginar seu pai em todos os Negros que ela via na rua, sobretudo em Paris, onde há muitos. Um dia, enquanto ela dizia à sua psicóloga: "Olha, justamente ontem, eu caminhava na rua, e o procurei", e que a psicóloga pediu para ela descrevê-lo, Vênus percebeu que ela só observava os Negros de 35 anos, um pouco a idade que seu pai tinha quando foi embora. "Você não acha que hoje ele está mais velho?", a psicóloga destacou. É verdade, ele devia ter ao menos 50 anos, Vênus riu e chorou ao mesmo tempo, ela murmurou: "Sou patética", "Não...", a psicóloga respondeu docemente, "Sim, agora vou colar nos Negros velhos da rua..."

Mas Vênus tem mais de vinte anos, e seu pai não deu sinal de vida. Para ser honesta, entre os 16 e 18 anos, ela não o esperou – ela achava bizarro que ele voltasse para o aniversário de 17 anos de sua filha. Ele voltaria para os seus 18 anos, uma idade importante, a maioridade, a estreia na vida de mulher!

O mês inteiro de seus 18 anos, ela o esperou. Depois, ela abandonou totalmente a esperança de que ele voltasse. Ele nunca faria contato com ela. Aliás, será que ele se lembra de sua filha? Ele deve ter tido outros filhos, deve ter se casado novamente, e esqueceu Vênus.

* * *

A partir de seus 18 anos, então, Vênus decidiu que aquilo não servia pra nada, ter excelentes notas, ser preparada e bonita, ser feliz. Ela se afundou na bulimia – ela leu que a bulimia era a fome de pai. Em todo caso, era exatamente isso que ela sentia, um buraco em seu corpo, uma fome insaciável que ela tentava preencher com qualquer coisa, pão de forma, cereais até sem leite, realmente nojento, macarrão, cookies, chips, manteiga na colher, chocolate, batata frita, sorvete, tudo, tudo, e nada, nada que a fizesse parar.

A Melhor-Amiga ficou ao seu lado durante esses dois anos difíceis, amigona, ela não abandona facilmente sua amiga, quer até organizar uma festa de aniversário nos seus 20 anos. Depois do fracasso da festa, ela propõe a Vênus encontrar seu pai.

– É o meu presente, amiga. Eu pago um detetive particular, agora mesmo, ele vai encontrar teu velho, com certeza!

Estamos em Hollywood, ele ficou rico, é muito bonito, não parou de escrever pra ela durante todos esses anos, mas as cartas se perderam, eles vão se jogar um nos braços do outro – mas Vênus não mora em Hollywood. Vênus recusa a proposta da Melhor-Amiga, muito medo de saber – e se ele for um mendigo, um alcoólatra, um bruto que mutilou suas dez mulheres?

– Para de delirar, corta a Melhor-Amiga.

Vênus recusa mesmo assim, tem muito medo – e se ele não a amar, se ele disser que não se importa com ela, que

queria apenas um visto e que foi por isso que se casou com sua mãe, e se ele disser que ela é um acidente que ele sempre lamentou, naquele dia ele não tinha mais camisinha e...
– Para de delirar.
A Melhor-Amiga, sem hesitar, meteu bronca e fez tudo pelas costas de Vênus. Ela contratou um detetive que encontrou o pai de Vênus.
(*No roteiro do pseudo John-Cassavetes... aaah!, não sei e não estou nem aí, estou aqui tentando inventar a história de Vênus, quero saber o fim, o que posso inventar?*)
Então o detetive encontrou o pai de Vênus.
Melhor-Amiga está louca de curiosidade, ela quis dar um Google no endereço do velho, pra ver em que tipo de casa ele mora, ou telefonar e fingir que ela faz uma pesquisa, ou mesmo ir até lá disfarçada de evangélica, com uma Bíblia embaixo do braço, pra ver um pouco o estilo do homem.
Melhor-Amiga hesita. Francamente, será que ela deve se meter na sua história, chamar seu pai, prepará-lo, dizer-lhe que sua filha Vênus o procura? "Prepare-se senhor, alguém vai bater na sua porta em breve!"
Finalmente, ela não fez mais nada. A história é deles dois e ela não deve intervir. Ela simplesmente facilitou o encontro. É um papel que lhe agrada.
– Aqui, Vênus. Feliz Aniversário, amiga.
Melhor-Amiga estende um cartão postal com um cachorro – ainda que o cartão seja ridículo, ela sabe que Vênus vai achar o cachorrinho fofo – no qual está escrito com letras douradas em relevo: *Au, Au! Esse ano será bom pra cachorro!*
No verso, o endereço de seu pai.

Vic (s)

Vênus, querida Vênus... Fiquei ligada a ela, ela poderia ser minha *sister*, uma graciosa e gentil irmãzinha com esmalte framboesa *I Love You Too*, ela não faz confusão, ela sofre em silêncio, não é como Calamity-Vic, ela também é minha irmã, claro que é minha irmã!

Calamity-Vic me faz pensar nessa série do começo dos anos 2000 que se passa em Baltimore, que amei loucamente: de noite com o Primeiro-Marido víamos seis, sete, oito episódios de uma vez, ele também adorava, nunca entendi por que, mas eu, eu me imaginava no lugar deles, aquilo poderia ser eu, eu não tinha a mesma célula familiar desestruturada, a mesma cor, a mesma violência interior deles?

No Beast so Fierce, tudo está nesse título, nenhuma besta mais feroz, Calamity-Vic e eu somos iguais, temos a raiva grudada no ventre, a diferença é que eu tenho os meios intelectuais pra transformar essa raiva em algo positivo – ambição, vitória – enquanto ela, Ghetto-Girl, mete os pés pelas mãos, meu ódio me dá asas enquanto o dela é um peso que a atira no fundo do poço; Ghetto-Girl dirige sua violência aos outros, enquanto eu a dirijo contra mim.

Eu gosto de me torturar, me torturar sobre o que poderia ter sido, se as coisas tivessem sido diferentes, se Mamãe tivesse sido, se Mamãe não tivesse sido, se Mamãe, se Mamãe, se Mamãe.

* * *

À noite, em minha cama, invento um monte de roteiros, mas a base é sempre a mesma, o personagem principal – que ironia, "principal" ainda que ausente – chama-se FDP ou RDC. Bonitão, tagarela, brasileiro. Sempre o mesmo papel. O outro personagem recorrente, mas cujo papel varia segundo o humor e os roteiros, chama-se Mamãe. Bonita, inocente, francesa.

O roteiro *Vida-Um* é o roteiro que sempre me assombrou, aquele do qual passei perto, o que poderia ter vivido, se Mamãe...

Mamãe, uma estudante em 68 revoltada, sai da França mesmo sem seu *baccalauréat* no bolso, tamanha sua rebeldia com toda essa sociedade burguesa que a fazia morrer de tédio, de tanto que via sua mãe se lamentar em seu tédio provinciano sem abrir a boca, sobretudo para não fazer escândalos; Mamãe tinha jogado tudo pro alto, a princípio, foi a Paris, para as barricadas de 68, ela tinha encontrado muitos homens e mulheres que queriam mudar o mundo, ela tinha descoberto uma associação que trabalhava para reverter os termos das trocas internacionais, para criar um mundo mais igualitário, havia projetos no Brasil para montar cooperativas agrícolas, para o ensino popular nas comunidades carentes de São Paulo, do Nordeste, por toda parte. Ela agarrou a oportunidade, São Paulo era o antípoda de uma cidade de província, e ela partiu, mal avisando seus pais.

A idealista Mamãe conheceu nesse novo país aquele que se tornaria FDP, amor à primeira-vista, a concretização de todos seus ideais, abolição de fronteiras entre Negros e Brancos, entre países, entre classes sociais. Eles não se casam, Mamãe é contra essa instituição burguesa, mas vivem juntos, Mamãe trabalha na alfabetização das crianças do bairro, o Futuro-FDP faz um biscate atrás do outro.

São Paulo, bairros populares, anos 70, não era fácil; os migrantes nordestinos chegavam de suas campanhas pré-capitalistas em milhões, como formigas, destruindo o tecido social, todos esses homens que foram se aventurar, prometendo voltar e sem voltar; prometendo mandar dinheiro, e sem mandar; essas mulheres que partiram para encontrar seus homens, ou partiram sozinhas com seus filhos, que chegavam à grande cidade, analfabetas, miseráveis, sem conhecer ninguém, a não ser alguém distante... Eles estavam mal preparados para a cidade moderna, e a cidade moderna também não estava preparada para recebê-los, e depois veio a ditadura, a época da ROTA 66, uma polícia que matava meninos de rua – vermes que se proliferavam, dos quais ninguém vinha reclamar o corpo, uma dádiva para os policiais e paramilitares.

A situação se degrada entre Mamãe e FDP, de acordo com meu humor, eles se separam, ou FDP se manda sem avisar, ou FDP é morto por traficantes de drogas, ou FDP é um traficante de drogas, ou – esse é o roteiro nobre – FDP é militante político e é preso pelo DOI-CODI, a polícia política anticomunista notadamente financiada e treinada pelos Estados Unidos.

Mamãe, machucada por ter sido traída – isso é válido em todos os roteiros – decide não voltar para a França e ficar nesse país que escolheu. Ela se vê sozinha com seus dois filhos e seu salário de idealista decorrente da alfabetização dos pobrezinhos do Hemisfério Sul. Os anos 80 são terríveis nos bairros populares de São Paulo, as favelas se proliferam, a inflação galopa, populações inteiras são excluídas da economia oficial e se voltam para o tráfico de drogas – escolha economicamente racional, já que a demanda da droga alcança uma taxa de crescimento de dois números. Paralelamente ao crescimento do tráfico de drogas, Mamãe assiste, impotente, à escalada da violência nesses bairros abandonados, cada vez mais explosiva, cada vez mais precoce.

Os recursos da ONG são, a cada ano, ameaçados de corte. Mamãe se agarra, mas está nervosa, está fraca, já trabalha duro o dia todo, então à noite, em sua casa, não tem mais força pra lutar, ela se torna amarga, amarga com os homens que a decepcionaram, amarga com a sociedade, ela não acredita mais em sua missão, na alfabetização, ela viu muita miséria, a vida é muito cruel, então pouco a pouco ela vai desanimando. Será que ela começa a beber? Talvez. Quando seu filho adolescente não volta à noite, não tem mais coragem de perguntar por onde andou, nem de proibi-lo de sair; e o Irmão-Maior se deixa tentar pelo dinheiro fácil, nem mesmo pensa em trabalhar por um salário mínimo miserável como sua mãe, torna-se olheiro, depois avião, depois gerente de boca, e depois por que não dono do morro.

Mesmo que não goste de meu irmão, não quero matá-lo antes dos 25 anos, e esse é o fim padrão de um traficante de drogas, então invento detenções, passagens redentoras na prisão – salvo pela literatura, ele também? – exílios no estrangeiro. Ou uma vidinha tranquila de trabalhador da favela, que vai todos os dias aos bairros ricos como jardineiro, motorista, faxineiro.

Enfim, e eu?

Ah, eu... Imagino que, na minha adolescência, usava um esmalte *Sex Kitten*, e que fui porta-bandeira na minha escola de samba, depois rainha do carnaval, pois eu devia ser linda como uma flor.

* * *

Há também uma variante, o roteiro *Vida-Um-bis*: Mamãe se casando com um grande canalha – os padrastos, nos livros e nos filmes, são sempre grandes canalhas tarados que transpiram em regatas sujas e que cobiçam a enteada – então talvez eu seja bolinada pelo meu padrasto, ele não teria tido tempo para me violentar porque eu sairia de casa antes, eu teria ido para as ruas, e uma vez ali, o que poderia me acontecer, o pior, mas nesse caso, prefiro não imaginar, paro meu roteiro *Vida-Um-bis* por aqui, meu padrasto fazendo comentários cada vez mais obscenos, tentando me roçar por baixo da mesa, no corredor, e que, um dia, volta mais cedo do trabalho, enquanto Mamãe não está lá e o Irmão-Maior trafica pelas ruas, é nesse dia que eu me mando e que minha imaginação para de trabalhar, porque gosto de ter medo e arrepios, mas tenho meus limites.

* * *

Também imagino o roteiro *Vida-Dois*, ele se passa na França, em uma cidade pobre banal, o começo seria como a realidade, sem a necessidade de ir ao Brasil, sem necessidade de inventar nada, Mamãe com sua mala, seus dois filhos e seu Renault 4L, depois de alguns meses, Mamãe teria parado de dar 10 contos para seu vizinho, depois de alguns anos, ela é quem pediria 20 contos para seus vizinhos, e depois, grosso modo, é a mesma miséria existencial, sol o ano inteiro e carnaval de menos.

* * *

Meu roteiro *Vida-Três* se passa outra vez no Brasil, é a Mamãe que não desiste. Ela também, como a Mamãe do roteiro *Vida-Um*, mas ao contrário da Mamãe da vida real, jogou tudo pro alto antes de terminar seus estudos. Então essa Mamãe daqui, com a vida dura, mas com qualquer coisa a mais – ela não está destruída, ela ainda acredita no futuro – ela é uma guerreira; será que é a religião que a ajuda a ter fé no próximo? Enfim, ela faz um biscate atrás do outro, porque quer oferecer um outro futuro a seus filhos, ela se tornou professora e trabalha em duas escolas, para juntar dois salários, de manhã é professora numa escola primária de um bairro pobre e durante a pausa para o almoço corre para chegar a tempo das aulas da tarde, em uma outra escola primária de um outro bairro pobre. E mais tarde, quando o Irmão-Maior e eu formos adolescentes e bons alunos e que ela vislumbrar a possibilidade de entrarmos na universidade, arrumará um terceiro trabalho, aulas noturnas para adultos, para pagar nossas aulas de reforço, para que tenhamos uma chance, nós, de ir à universidade.

Irmão-Maior e eu ficamos sozinhos durante o dia, mas Mamãe teria conseguido uma tia para cuidar de nós, uma avó, talvez a mãe do FDP-RDC que, para reparar os erros de seu filho, teria mudado com a gente? O sonho, poder chamar alguém de Vovó – ao mesmo tempo em que esboço o roteiro *Vida-Três*, percebo que imagino uma Avó e não um Avô, não tenho nenhuma confiança nos homens, eles partem para trabalhar nas obras em Brasília, no porto de Santos, no Mato Grosso – contratam muita gente por lá – e eles não voltam mais, os Filhos da Puta encontram outra idiota, em outro bairro pobre, e é a mesma história que recomeça.

Enfim, Irmão-Maior e eu somos bons alunos, insensíveis à influência dos traficantes do bairro, somos estudiosos, sabemos que é pelos estudos que sairemos dessa situação, e queremos sair, Mamãe nos apoia e termino, vamos imaginar, como professora universitária.

* * *

Não consigo imaginar uma variante *Vida-Três-bis*, Mamãe se casando novamente com um cara legal, que nos amaria como seus próprios filhos; não acredito nisso, será que eles são todos Filhos da Puta?

* * *

Tenho conteúdo para me inspirar, as favelas têm muitas histórias do tipo Vida-Um ou Vida-Três, são essas histórias que também ouço nos saraus, a história de crianças faveladas perdidas por causa do dinheiro das crianças drogadas dos bairros ricos, a história de crianças faveladas salvas pelo trabalho e pela sua própria tenacidade.

* * *

Em todo caso, sempre tenho o melhor papel nos meus roteiros, Vitória-a-Trabalhadora, Vitória-a-Guerreira.

Me imaginar grávida aos dezessete anos, depois aos dezenove de um pai diferente, passando de dificuldade em dificuldade sem entrever nenhum futuro, mas sem jamais perder um só carnaval... Obrigada, mas é muito pouco pra mim.

Mamãe

Repenso minha infância, passei por ela por um fio, mamãe segurou esse fio com as duas mãos, será que não ficou com bolhas com o tempo? Anos de bolhas, que formaram calos, seria preciso olhar suas mãos, que eu observe os calos das mãos de minha Mamãe por ter segurado tanto esse fio, com todas as suas forças.

Mamãe, Mamãe-Diplomada, Mamãe-Guerreira, Mamãe é uma batalhadora, ela me impediu de cair na raiva sombria, me dando ferramentas – a palavra, o esporte, o trabalho-, para tentar desatar todos esses nós, esse corpo violento, esse coração sangrando.

Sim, são as mães que sustentam tudo, os pais, sabemos como funciona, quando vai bem, tudo bem, mas ao menor problema, eles mostram verdadeiramente quem são – vacilões, precários, canalhas! –; Mamãe, ela, segurou sua família nos braços, sem jamais abandonar; guerreira, Mamãe é uma guerreira, e seus filhos sobreviveram, maravilhosamente na superfície, ferozmente perturbados na intimidade, mas quem se preocupa?

* * *

Mamãe nunca se casou de novo.

Eu me pergunto, depois que seus filhos saíram de casa, com quem ela fala de manhã, no café da manhã? Com quem ela fala de noite, antes de se deitar?

Mamãe... Não quero ser como ela.

Gosto demais do amor – amar, um pouco; ser amada, sobretudo.

Vera

Desenfreada, minha imaginação está desenfreada, não vou mais aos saraus, mas imagino histórias, histórias de mulheres, invento uma mulher que prepararia a voz e tomaria fôlego, que diria: "Boa noite!" e o público responderia em coro:
– Boa noite!
Como essa mulher seria? 35 ou 40 anos, mestiça. Bom, não vou reinventar a história da Vênus vinte anos mais tarde! Não, vou criar uma nova mulher, mais dura que Vênus, Vênus era muito molengona, mas essa aqui, vou criar uma mulher dura, com belos dentes, um diastema, evidentemente negra porque só isso me interessa, e vou chamá-la de Vera, Vera da Silva – criação de Victoria, insisto, é uma ficção, mesmo escrita na primeira-pessoa.

* * *

Boa noite! eu me chamo Vera da Silva.
No ano passado, fui aos Estados Unidos. Era o sonho da minha vida, economizei por anos, mas fui, Nova York e Chicago, e aproveitei cada segundo ali, adorei! Enfim, quando fiz meu pedido de visto para os Estados Unidos, preenchi toda papelada, nome, sobrenome, profissão, endereço, motivo da viagem, nome e sobrenome do pai – ali, parei por um

instante, os dedos acima do teclado, o olho fixo sobre a tela do computador. Poxa, eu tenho 40 anos, vou aos Estados Unidos sozinha, e me pedem o nome e o sobrenome do meu pai, como se ele viajasse comigo? Eu pensei e constatei que, administrativamente, sempre somos "a filha de", enquanto um homem não é "o pai de" para o resto da vida, mais uma injustiça... Desde a adolescência, odiei meu nome, na primeira oportunidade mudaria, eu me casaria e usaria o nome de meu marido pra ter um nome mais bonito, mais comum, menos doloroso também. Meu desejo aumentava, carregar o nome de um Filho-da-Puta é duro, sinto dor na boca quando o pronuncio, ele me esfola o interior das bochechas, faz minhas gengivas sangrarem.

Então uma vez adulta, quando me casei bem jovem, aos 20 anos, mudei rapidamente de nome. Chega desse da Silva!

Mas me divorcei tão rapidamente quanto me casei, e retomei meu nome, meu nome é tudo que abomino, é meu antimodelo, mas é sobre ele que me construí, não quero mais mudar de nome, esse nome repugnante sou eu, com todos seus paradoxos, sou a filha de um filho da puta e é isso que me formou, se eu carregasse o nome de um homem bom, de um homem responsável, afetuoso, não seria quem sou hoje, então decidi me agarrar a esse nome, com toda minha raiva; assim, toda vez que digo meu nome e que minhas gengivas sangram, penso nele, no que realizei e no que ele perdeu, tentando, sem acreditar muito, me persuadir de que foi ele quem mais perdeu nessa história. Eu me iludo, sei muito bem que a grande perdedora sou eu: uma filha precisa de um pai, um pai não precisa de uma filha.

(*Silêncio na sala. Vera faria uma pausa*).

Enfim, me divorciei uma primeira vez, retomei meu nome de solteira, o nome de meu pai. Casei-me pela segunda vez e mantive meu nome de solteira.

Há alguns meses, recebi uma ligação:
(*Vera colocaria seu polegar e seu indicador na forma de um telefone perto de sua orelha*).
– Alô, senhora da Silva?
– Sim.
– Senhora Vera da Silva?
Há momentos curiosos na vida. Acreditem se quiserem, mas nesse dia eu soube na hora, imediatamente, desde esse "Senhora Vera da Silva?" que essa ligação tinha a ver com ele.
(*Vera coloca novamente sua mão perto da orelha para imitar uma conversa telefônica*).
– A senhora realmente é Vera da Silva, a filha de Vitor da Silva?
– Sim. E você, quem é...?
– Desculpe incomodá-la... Tomei a liberdade de ligar... Sou enfermeira no hospital Tal onde seu pai está hospitalizado há alguns meses, tomei a liberdade de procurar a senhora... Me disseram que a senhora não estava a par... O Senhor da Silva está hospitalizado há três meses, e ninguém ainda veio visitá-lo... antes de vir para o hospital, ele estava em um asilo, e também lá, ninguém ia visitá-lo...
– Ah...
– O coitado, sabe, está muito sozinho...
(*Esse é meu pequeno prazer pessoal, meu grande prazer pessoal, imaginar o Filho-da-Puta completamente sozinho em um hospital, cadavérico, com tubos por toda parte – não, sem tubos por toda parte, quero que esteja consciente de sua solidão, bem consciente; e não, ele não estaria completamente sozinho em seu quarto de hospital, dividiria seu quarto com um outro velho à beira da morte, ele também, dois moribundos, mas o outro velho teria muitas visitas, seus filhos, seus netos que chegariam, barulhentos, colocariam seu travesseiro na melhor posição, colariam desenhos acima de sua cama, fotos, levariam uma manta de crochê, caseira, e para ele, Vitor da Silva, nada, três meses ali*

e ninguém veio vê-lo, ninguém veio colocar seu travesseiro na melhor posição, a não ser a enfermeira, com gestos bruscos; ah, como é bom, eu me deleito! E claro, vendo os filhos e netos de seu vizinho, Filho-da-Puta pensaria nos seus, a menos que seja um incorrigível FDP, nada impossível; bem, vamos retomar, Vera e a enfermeira estavam no telefone)
– O coitado, sabe, está muito sozinho...
– Sabe, faz trinta anos que não tenho notícias dele.
– Ah! Bem que eu pensei que vocês tinham perdido contato! É por isso que estou ligando hoje... Seu pai é idoso, ele está...
– Vou repetir, faz trinta anos que não tenho notícias dele.
– Mas é seu pai mesmo assim, ele não tem mais muito tempo, a senhora não quer vê-lo, fazer as pazes, passar com ele seus últimos momentos de vida?
– Não.
– Entendo... Bem, a senhora ao menos deve saber que os filhos têm obrigação de ajudar seus pais materialmente, não é? E o que ocorre é que seu pai não tem meios para garantir sua subsistência, especialmente as despesas com a saúde. No momento ele está sendo sustentado pelo governo, mas o hospital me incumbiu de encontrar seus descendentes e cobrar as despesas que tivemos com a hospitalização...
– Ele nunca cuidou de nós, nunca deu um centavo de pensão alimentícia para a minha mãe...
– Isso não tem nada a ver. A menos que exista uma decisão da justiça estabelecendo que seu pai faltou gravemente com suas obrigações, a senhora é responsável, enquanto descendente, por ajudar seu pai se ele necessita.
– Não cuidar de seus filhos não é uma falta grave?
– É muito subjetivo...
  Meu pai não me bateu, não me violentou, não fez nenhuma maldade, simplesmente não fez nada. Aos olhos da lei, ele continua um bom pai. Mas é muito fácil se livrar assim!

Então falei uma coisa que guardava dentro de mim há muito tempo:
— Deixa eu te falar uma coisa: não darei um centavo a esse cachorro... Que morra sozinho, como um cachorro!
E desliguei.

(*Murmúrios do público do sarau. Vera se manteria de pé, com as mandíbulas tensas; de todo modo, ela não liga para o que o público pensa, ela está lá para se libertar*).

Guardei bem o nome do hospital. Poderia tentar saber por que meu pai está hospitalizado. Será um dedo quebrado ou um câncer de próstata, ele vai morrer ou sair na semana que vem?

Não quero saber, o que sei é que ele não teve a coragem de me ligar diretamente e deixou a enfermeira ligar, covarde sujo! Será que ficou mudo, aterrorizado em sua cama de doente, tendo que apelar à piedade de seus filhos, e seria a enfermeira que teria me encontrado sozinha, sem seu consentimento? Eu sorrio – mesmo depois de trinta anos de filhadaputisse, uma filha ainda tenta encontrar nobreza em seu pai.

Penso nisso o dia todo, e no dia seguinte também, vou procurar na internet como os indigentes são enterrados. Sim, meu pai é indigente e experimento uma satisfação verdadeira, leio que são chamados "indigentes" as pessoas que não têm recursos para comprar uma sepultura, ou aquelas cujo corpo não foi reclamado pela família. Então eles são enterrados na quadra dos indigentes, sem pedra tumular, sem nome, sobrenome, data de falecimento, apenas uma tampa branca, paga pelo serviço funerário da cidade do defunto.

É minha última chance para ter respostas às minhas questões. Ele sofre de uma doença genética, hereditária? Sabê-lo evitaria as situações embaraçosas no médico que marcaram toda minha vida: "Há doenças hereditárias em sua família?", e eu, com vergonha de responder: "Não sei de nada".

Decidi não acreditar em doenças hereditárias, fora de cogitação que meu pai me passasse suas doenças, doenças cardíacas, sobrepeso, diabetes, colesterol, não estou nem aí, construí minha própria saúde, terei as doenças da minha vida e não da dele.

Última chance para ter as respostas às outras questões: de onde ele vem, quem são seus pais, qual é sua história, será que pareço com a minha avó, com a minha tia? Mas eu não quero saber, eu me construí em equilíbrio sobre esse conjunto vazio. Se de repente ele ficar cheio, talvez eu me desequilibrasse, em todo caso, não quero tentar a experiência.

Alguns meses mais tarde, a enfermeira me ligou de novo. Ela tinha entendido minha relação com meu pai, tinha desistido de me cobrar o reembolso pelas despesas da hospitalização (*Só me faltava essa*), no entanto, ela tinha a obrigação de me informar sobre seu falecimento. Sem recursos, ele seria enterrado na quadra dos indigentes, sem velório.

Eu lhe agradeci e desliguei.

A partir desse dia, nunca me senti tão bem. Antes, eu era a fúria em pessoa, brigava sempre – com meus sucessivos companheiros, meus colegas de trabalho –, eu era colérica, histérica, fora de controle... Achava que era minha personalidade, que eu tinha o sangue quente, como se diz. Mas percebi que esse ódio contra a Terra inteira era apenas uma forma de expressar meu ódio dele. Como eu não podia insultá-lo, insultava os outros. Também percebi que meu ciúme doentio vinha dali, dele. Eu tinha perdido a confiança – enfim, não "perdido", pois jamais a tive, digamos que esse cachorro tinha me privado da confiança que uma mulher tem nos homens, esses FDP, sempre prontos para tirar vantagem, brincar com nossos nervos, maltratar nossos sentimentos, apunhalar nosso coração.

Hoje, tudo desapareceu.

Oh, imagino o que estão pensando.

(*Barulho confuso, cadeiras se batendo*)
Não me importo. Hoje sei que existe justiça para as vítimas, não uma justiça terrestre – essa é apenas fachada, aos seus olhos meu pai não é culpado de nada –, mas uma justiça superior, talvez divina, que vinga as vítimas inocentes. A expressão "Aqui se faz aqui se paga" ganhou todo sentido. No fim das contas, mais cedo ou mais tarde, o Homem sempre acaba pagando por seus atos. E é melhor assim. Senão seria muito fácil, né?
A moral dessa história, pessoal, é que um homem que se comportou como um cachorro toda sua vida morrerá sozinho como um cachorro.
E isso é muito reconfortante.
(*Vera olharia o público diretamente nos olhos, dobraria seu papel e sairia do palco. Uma confusão tomaria conta da sala, o moderador, meio sem jeito, tentaria restabelecer a ordem, sem muito sucesso, depois gritaria no microfone:*
– *Galera! Vamos fazer uma pausa de quinze minutos, Dudu está fazendo uma promoção nos bolinhos de bacalhau, 10 reais o prato! Vamos tomar um trago! Até já!*)

***

Mais uma irmã, eu já tinha Calamity-Vic, Vênus e agora Vera; Vera, minha *sister*, inventei para a minha irmã o telefonema com que tanto sonhei, que tanto temi também.
Será que eu teria coragem, como Vera, de mandar à enfermeira um: "Não darei um centavo a esse cachorro... Que morra sozinho como um cachorro!" Ah! Essa é boa! Será que eu teria coragem de não ligar para o público benevolente do sarau e mandar um: "A moral dessa história, pessoal, é que um homem que se comportou como um cachorro toda sua vida morrerá sozinho como um cachorro", e acrescentar,

em um acesso raríssimo de honestidade, que isso era muito reconfortante?

Ah, *sister* Vera, eu te adoro, sim, você é digna de usar nosso *We Women at War*; sim, eu imagino como aquilo deve ter sido reconfortante, como aquilo deve ter te reconfortado, como aquilo me reconfortaria, constatar que mais cedo ou mais tarde, o Homem, sempre, acaba pagando.

♥

Estou sentada no meu escritório, é de noite, as crianças dormem e eu trabalho até tarde com um pijama de algodão desse judeu nova-iorkino de ego superdimensionado que assina seu nome no menor elástico; sem maquiagem, dentes escovados, esmalte *Just the Two of Us*, me distraio, salto de um arquivo a outro, de uma ideia a outra, de um site da internet a outro, sem conseguir me concentrar.

Em um impulso, vou à cozinha e pego uma pequena faca pontuda, que parece com o canivete suíço das minhas férias, com mamãe e meu irmão, nas montanhas das Cevenas.

Embaixo de meu teclado, ali onde ninguém verá, exceto a diarista, mas ela não conta, gravo sobre a escrivaninha sueca um V, coloco o V de meu nome, o V de vitória, coloco o teclado em cima, desligo o computador, me preparo pra dormir, mas alguma coisa me falta; meu coração acelera, então, sem acender a luz, apenas iluminada pela luz da noite que entra pelas enormes janelas, levanto de novo o teclado e, com a ponta de minha faca, acrescento perto do V, um sinal de adição e um H, dois traços e um coração.

V + H = desenho de coração.

Howard. O Estrangeiro que conquistou meu coração se chama Howard.

Vanina

Esquizofrênica, sou clinicamente, patologicamente e secretamente esquizofrênica – secretamente porque nunca fui tão brilhante, estou explodindo, venço todos eles, estou voltando da Califórnia, vou conquistar o Vale do Silício, é apenas uma questão de tempo –; na minha cabeça não para de girar, sobretudo de se dividir, crepita por toda parte, como bolhas de champanhe, tenho o cérebro em ebulição com todas essas personagens-irmãs, eu me escondo por trás delas, porque sou incapaz de escrever "Eu, Victoria, fiz isso e fiz aquilo", seria como me desnudar por inteiro – veja, isso está muito na moda entre as celebridades, e mesmo entre as não-celebridades, não esconder nada – outra noite, estava no Facebook da minha assistente, essa vítima do Instagram coloca filtro em suas fotos na expectativa de esconder todos seus defeitos, enfim, sei tudo sobre ela, o que essa idiotinha faz nos fins de semana, tudo sobre a pentelha da sua filha única que ela fotografa em todos os ângulos, mini-casal de KK sem os diamantes ou os jatinhos privados. Que horror, viver sem esconder nada!

 Enfim, enquanto isso, me divirto; através das minhas irmãs, vivo situações que adoraria ter vivido, que tenho medo de viver, testo minhas próprias reações, até que um dia, talvez, tenha a coragem de fazer tudo de verdade, quem sabe, mas ainda não cheguei lá; em todo caso, inventei um personagem um pouco fraco, claramente oposto a mim, mas me divirto ao me ver fraca, ela se chama Vanina, um nome açucarado, grudento, como esses perfumes adocicados que as adolescentes usam; não, me corrijo, Vanina não é fraca, talvez seja, simplesmente, menos raivosa que eu.

* * *

Há mais ou menos um ano, Vanina recebeu um telefonema. A interlocutora se desculpou por tê-la incomodado, ela trabalha em um asilo, um abrigo para velhos indigentes, que não têm para onde ir e não podem mais viver sozinhos. Um velhinho chegou há alguns meses, magro de dar dó. Alertado pelos vizinhos, o abrigo o acolheu. Ele está com Alzheimer, fala pouco, fica confuso, está em uma cadeira de rodas, não pode se alimentar sozinho...

(*Bem feito, a doença de Alzheimer, o cérebro que enfraquece, desgraçado, filho da puta, rei dos canalhas, você não achava que ia dormir o sono dos justos, né?*)

É muito difícil para a criadora desvencilhar-se de sua própria história. Vamos lá, estou tentando.

A mulher explicou: "Decidi pesquisar, não era possível que o Seu Vitor não tivesse nenhuma família, todo mundo tem uma família, né?", e ela encontrou Vanina, sua filha.

Vanina a informou que seu pai abandonou sua mãe há mais de trinta anos, que tinha partido sem deixar endereço, nem pensão alimentícia, e que eles nunca mais tiveram notícias dele.

A mulher insistiu: "Mas é seu pai mesmo assim. Ele não tem mais muito tempo, não quer vê-lo, fazer as pazes, passar com ele seus últimos momentos de vida?"

Vanina respondeu que iria pensar.

É evidente que Vanina quer ver o pai que ela nunca conheceu. Ela pensou nisso o dia todo, e o dia seguinte tam-

bém, ela foi procurar na internet os sintomas da doença de Alzheimer, ela procurou informações sobre o abrigo. Uma semana depois, em um sábado ao meio-dia, Vanina foi até lá. Ela ficou vinte minutos dentro do carro, diante do prédio, incapaz de entrar. Ela foi embora. De volta em casa, ligou a televisão, começou a fazer seu almoço, parou subitamente e voltou para o carro. Ela estacionou na frente do abrigo, de novo, desligou o motor, pegou o caderno que sempre carrega na bolsa – ela rabisca sem parar palavras, poemas, *haikais* do seu jeito, ela adora escrever... – enfim, ela pega sua caneta azul, as palavras se escrevem sozinhas.
Perdoe
seu
Pai
Hoje.

Vanina coloca o ponto final após "hoje", ela pressiona o lápis fortemente para fazer o ponto final, e depois, em um canto da folha ainda branca, ela não pode fazer mais nada, é mais forte que ela, sua caneta azul desliza sobre o papel marfim como se fosse um ser animado, e escreve: "Papai, vou te amar". Vanina põe seu caderno sobre os joelhos, coloca a cabeça no volante, os dois braços em volta, e começa a chorar, muito e por muito tempo.

(*Como ela pode, puxa, Vanina, como pode amá-lo se ele não te amou? Não caia nessa do amor sem reciprocidade! O que ele fez por você? "Perdoe seu pai hoje", sim, tudo bem, Vanina, você fica feliz assim, "Pai", toda a masculinidade, a solidez e a ternura do mundo em uma palavra, que você nunca teve o direito de pronunciar, enfim vai poder dizê-la, vai encher sua boca com ela, vai gostar, mas e ele, ele se desculpou, ele vai se desculpar? Claro que não, ele vai agir como se não fosse nada, ele vai te chamar, Vanina, mecanicamente, sem ternura. Não, Vanina, não posso te deixar fazer isso, seja forte, mais forte que isso...*)

* * *

(Faz muitos dias que a história de Vanina parou por aí, ela me perturbou, confesso, eu me imaginei como ela, no carro diante do abrigo, ou diante do prédio, ou diante do hospital, pouco importa, em meu 4×4, ainda que imagine Vanina muito mais em um Fiat Panda, incapaz de sair, com o Filho-da-Puta do outro lado, a alguns metros, talvez me olhando pela janela, pensando "Olha, o que esse 4×4 blindado veio fazer aqui?" talvez pressentindo que fosse eu, sua filha, que voltava, me imaginando a filha pródiga...
Vai sonhando, desgraçado.

"Papai, vou te amar", essas quatro palavras rabiscadas me levaram lágrimas aos olhos, é Vera quem tinha razão, não há nada a fazer, a gente constrói todas as carapaças do mundo, em vão, uma filha sempre precisa de um pai; porque, porque, lá nas profundezas, eu sonho em amar um homem, vejam, não posso dizer "Sonho em amar meu pai", impossível, não é possível e é falso, não, não sonho em amá-lo, sonho em amar um pai que tivesse sido diferente, é isso, é isso que posso dizer.

"Seja forte, Vanina, seja mais forte que isso", ontem pensei de novo e de repente, entendi que ela era forte, dizer isso queima minha boca e faz minhas gengivas sangrarem, como diria Vera – decididamente, te adoro Vera – ; enfim, Vanina é a mais forte de nós duas, porque ela fez o que eu, até agora, sempre fui incapaz; sim, é preciso ter força, uma força imensa e um coração imensamente grande como, não sei, a fidelidade e o amor de um cão por sua dona, para fazer o que Vanina fez em seguida).

Vanina criou coragem, ela saiu do carro, tocou a campainha. Uma mulher colocou a cabeça pra fora da porta, Vanina ficou na grade de entrada.

– Bom dia, gostaria de ser útil, fazer voluntariado, vocês precisam de ajuda?

– Claro, querida, que precisamos de ajuda, isso nunca é demais por aqui! Entre!

Vanina se engajou como voluntária. O abrigo não recebe nenhuma ajuda do governo, só funciona com doações e aposentadoria dos idosos que a possuem, mas isso é raro. Alguns empregados são pagos, outros são voluntários. Vanina foi requisitada para trabalhar na cozinha e na limpeza, ela prefere não ter contato com os hóspedes: "Não me sinto muito à vontade com idosos".

Durante um mês, uma tarde por semana, Vanina trabalhou na cozinha e na limpeza do asilo. Ela ficou surpresa com a generosidade dos voluntários, gente simples na maioria, há um ou dois burgueses, mas a maioria são mulheres do bairro, simplesmente de coração bom. Elas cuidam bem de seus velhinhos. Ao meio-dia, antes do almoço, elas sempre lhes preparam um suco, não é algo indispensável ao menu, fazem apenas por gentileza. Vanina corta a melancia, o abacaxi, o melão, e bate as frutas no liquidificador. Alguns têm direito ao açúcar, os diabéticos não, então ela prepara duas bandejas.

Na cozinha, há uma lista de vinte e dois hóspedes. Divina, diabética, açúcar proibido; Clarice: nada de peixe; Odette: passar tudo no mixer; Silvia: nada de banana; Rosa: amassar com o garfo, e assim por diante. Vinte e uma mulheres e um homem. A cada semana, Vanina consulta o quadro atenciosamente.

Outro dia, Vanina perguntou a Lourdes, uma das voluntárias, por que só havia um homem. Lourdes explicou que, teoricamente, o abrigo era reservado a mulheres, mas que tinham feito uma exceção a Seu Vitor quando ele se viu em dificuldades alguns anos atrás, porque ele havia ajudado na construção do abrigo, nos anos 80. Voluntariamente, gentilmente, porque ele era do bairro e porque todos esses velhos na rua, "é de cortar o coração até dos mais duros de nós, né?"

Seu Vitor dirigiu as obras: pediu telhas a seu patrão, que as doou gratuitamente, e com outros voluntários, fizeram o teto e também cimentaram o pátio. Em seguida, fizeram um grande churrasco. "Dançamos até tarde da noite", Lourdes se lembra, ela e seu marido fizeram parte dos primeiros voluntários.

Naquele dia, Vanina descobriu que tinha um pai gentil e estimado no bairro.

* * *

(Estou doida, completamente doida, fazer de Seu Vitor um homem "gentil e estimado no bairro", essa é boa, jamais eu acreditaria ter sido capaz, mas a situação me escapa; eu acreditava ser possível manipular meus duplos, mas não controlo mais nada, fora de controle, é isso, sinto que caminho para a falta de controle, mas é diferente da falta de controle demente de antes, essa aqui, como explicar, é mais clemente.

Vanina me habita, ela baixou em mim, eu também consigo escrever um haikai, ele está aqui, me segue por toda parte, ele me obceca:
Poder
Amar
Intensamente)

"E como o Seu Vitor ficou sozinho, ele não tem família?", Vanina perguntou a Lourdes. "Sim, parece que ele foi casado várias vezes, mas quando sua doença apareceu, sua última mulher foi embora e o deixou sem nada, sozinho".

É a última chance de Vanina para obter respostas às suas questões, de onde ele é, por que foi embora, qual é sua história, quem são seus pais, será que ela se parece com a sua avó, com a sua tia?

* * *

(*Agora é Vanina quem conta sua história. Quero me apropriar dessa história dizendo "Eu". Vou vivê-la, já a vivo, já me imagino na pele de Vanina, voluntária uma tarde por semana no abrigo, levarei luvas plásticas de limpeza para não estragar meu esmalte – qual usarei, Mission Impossible ou I am What I am, talvez? Sou Vanina, eu, eu*).

Nunca estive no refeitório, nunca passei da porta da cozinha, me contentando em passar os pratos, os copos, as bandejas pela abertura, dando uma olhada rápida. Mas outro dia, disse a Lourdes que se precisassem de ajuda na hora da refeição, eu me sentia pronta pra dar de comer às vovós.

Lourdes me pegou pela mão. São onze horas, a TV está ligada, as velhinhas já aguardam o almoço. Elas não têm muita coisa pra fazer de seus dias, o abrigo organiza bingos todas as semanas, os músicos do bairro vêm e improvisam de vez em quando um pequeno concerto, mas os dias são longos e sempre parecidos, tenho dó dessas vovós...

Entramos na sala, Lourdes bate as mãos:

– Ei, vovós e Vitor, escutem! Olhem pra mim! Essa é Vanina, ela nos ajuda como voluntária na cozinha, é ela quem faz esses pratinhos gostosos pra vocês, e agora ela também vai ajudá-los a comer. Digam bom-dia à Vanina!

Os resmungos se elevam, algumas sorriem pra mim gentilmente. Todas essas bocas sem dentes, esses cabelos brancos, essa baba, essas cadeiras de rodas, essas perfusões, essas pernas deformadas por varizes, essas fraldas perceptíveis sob a saia, essas cobertas nas pernas, esses dedos rígidos, esses olhares perdidos, é duro, nunca conseguirei...

Lourdes me arrasta, "Venha". Ela me apresenta uma por uma. Ela põe uma mão sobre o ombro de Odette, "Odette, veja, é Vanina"; ela aperta longamente a mão de Silvia, "Veja Silvia, viu como ela é bonita, a Vanina?"; ela acaricia os cabelos de Divina, "Vamos dizer bom dia para a Vanina, Divina?"; ela passa seu braço em volta do pescoço de Clarice e lhe dá um beijo que estala, "É a Vanina, ela também morou no Rio de Janeiro como você, minha linda, vocês poderão dividir histórias de carnaval"; ela pega a boneca de Hortênsia, "Vamos apresentar Bebê para a Vanina, boneca? Deixa eu ver: Bom dia, Bebê, bom dia Vanina"; ela fica bem na frente de Isabela que enxerga apenas com um olho, "Olá, Bela, tudo bem, meu coração?". Cada uma tem sua história que deixa um gosto amargo na boca – mulheres que trabalharam a vida toda e que estão sem nada, na rua como vira-latas, ou com uma aposentadoria miserável e tão sozinhas que o asilo é sua única solução...

Lourdes me apresenta Vitor por último. Ele está pregado em sua cadeira, resmunga um pouco, e fala apenas com seus olhos.

Agora, todas as sextas, eu dou de comer ao Seu Vitor. Pra brincar, Lourdes diz a todo mundo que ele é meu queridinho. Eu esmago os alimentos com o garfo, porque ele não mastiga bem, mas o médico do centro disse que ainda não é preciso usar o liquidificador, ele ainda não está nesse estado, e precisa continuar mastigando.

Então, como para um bebê, eu esmago o arroz, o feijão, os legumes, as bananas. Estou sentada na sua frente, aproximo o garfo de sua boca. No começo, eu ia muito rápido, ele ainda estava com a boca cheia quando eu estendia o próximo garfo. Então desacelerei, e também diminuí as garfadas, estavam muito cheias, era muito na sua boca. Como não sei muito o que fazer enquanto ele mastiga, esmago conscientemente os alimentos usando todo o meu tempo, olhando para o prato, para não olhá-lo nos olhos, para deixá-lo tranquilo. Quando a carne está um pouco dura e os pedaços um pouco grandes, eu os desfio com os dedos. Durante toda a refeição, ele me observa atentamente.

Nunca sei quando lhe dar de beber. No começo, eu esquecia. Agora, penso. "Um pouco de água, Seu Vitor?". Eu estendo o copo de plástico azul. Há algumas semanas, ele conseguia pegar o copo e beber sozinho, mas agora, é preciso que eu lhe dê, porque ele deixa cair.

Também no começo, eu fazia a maior sujeira, deixava cair pequenos grãos de arroz sobre ele, ele ficava com um monte na blusa, depois eu peguei o jeito. No fim da refeição, ele sempre fica sujo no bigode. Então eu limpo a sua boca com um guardanapo. Ele fecha os olhos, a cada vez, como se fosse um momento de intenso prazer.

Seu Vitor morreu alguns meses depois de minha chegada.

Eu nunca lhe disse nada.

* * *

(Grande Vanina, seu pai não cumpriu suas obrigações, mas ela, sua filha, sim. Seu pai não esteve lá por ela, mas ela, sua filha, sim. Meu cérebro esquizofrênico sofre mais uma vez, nunca achei que fosse duvidar nesse ponto. Quem é minha rainha, Vera ou Vanina?)

Ar!

Uma coisa é certa, fora da ficção, na minha cabeça, meu pai ainda está vivo. Tento imaginá-lo morto – talvez esteja morto, depois de tudo? –, impossível, ele está vivo, necessariamente; e outra coisa é certa, na ficção ou fora da ficção, o FDP é sempre pobre, no entanto, tentei representá-lo rico – cirurgião, empresário, magistrado, político – impossível, um rico nunca faria uma baixeza dessas.
Nisso, sou bem brasileira quando acuso os pobres – o pobre é culpado, sempre culpado, de tudo.

* * *

The color line, the gender line, the money line – todas essas *lines* como limites, prisões que tentaram me encerrar em minha cor, em meu sexo, em minha categoria social; no alto, embaixo, de um lado só, me sobra muito pouco espaço, um único lado na verdade, mas até agora eu consegui empurrar essas linhas de merda, empurrei-as todos os dias, bravamente aumentei meu espaço vital, tentando ocultar essa quarta *line*, ah, Vera! Minhas gengivas sangram, mas preciso te dizer, meu drama é minha *father line*, eu sufoco, asfixio, sem pai, sem ar.
Ele está aqui, me segue em toda parte, me obceca.

Entende?

Ela me assombra, a obsessão da minha filiação, a humilhação de sua rejeição.

Brasileira

Há também outra história que eu adoraria contar, mas que nunca contei a ninguém, seria a história de uma moça, de uma mulher, que eu não nomearia, que teria construído sua vida sobre uma mentira, não uma mentirinha do tipo: "Sou bolsista", mesmo que na verdade não tenha sido bolsista, não, uma mentira maior, realmente enorme, uma mentira identitária, que mostraria bem como essa mulher está perturbada; e nessa história eu mostraria como essa mulher é confrontada com sua mentira impossível de se confessar. Confessá-la a seu marido? Não, ela não liga pra ele, mas como fazer pra confessar a seus filhos?

Seria a história...

Sou obrigada a escrever pequenininho, não posso fazer de outra forma, seria a história de uma moça que tem vergonha de sua cor, vergonha do país de origem de seu pai, porque é dele que vem a sua cor, um país de origem que não é glorioso, superdimensionado nos bairros pobres, entre os desempregados, nas profissões pouco honoráveis, nos pequenos funcionários, naqueles que nunca sairão do lugar, naqueles que nem mesmo tem a ambição para avançar, um país invisível nos noticiários, ou aparecendo apenas para evocar seus "problemas estruturais", insistem os jornalistas, como se os problemas fossem intrínsecos, inerentes a essa raça de irrecuperáveis; então quando essa moça veio morar em Paris, sozinha, sem conhecer ninguém e depois que uma, duas pessoas lhe disseram: "Você realmente tem cara de brasileira!", ela pensou que isso era uma coisa boa, o Brasil provavelmente tem o capital simpatia mais alto do mundo, você pode ir para qualquer lugar, Vietnã, Austrália, Havaí, Estados Unidos da América e quando diz que é brasileira, as pessoas sorriem "Ah, Brasiiiiil!". As pessoas adoram o Brasil, seu futebol, sua música, seu mito de Copacabana, que não é mais que um mito para os gringos, seu mito da democracia racial, que não é mais um mito para ninguém, como essa mulher descobrirá mais tarde, bem tarde. Mas como tem o jeito brasileiro, ela pensou que seria brasileira, é uma escolha igualmente razoável, ela não quer embranquecer a pele como Michael Jackson, ela tem aquela pele e aqueles cabelos, que ela detesta mas também ama, uma de suas numerosas contradições; então, mesmo se, na verdade, o Filho-da-Puta vem desse país nojento cujo nome ela nem consegue dizer, na prática, a mulher tem a cor da pele e os cabelos de brasileira, o que não quer dizer nada especificamente, porque uma loira de pele leitosa também poderia ser brasileira, a coisa é bem essa, todo mundo pode ser brasileiro, então por que não inventar para si um pai brasileiro, essa mulher poderia ter escolhido um pai afro-americano, dos Estados Unidos da América, também seria elegante, mas o Brasil é definitivamente mais simpático, os americanos fizeram as piores sujeiras em todos os continentes, e continuam, sem vergonha, com a consciência *clean*, dormindo bem à noite, convictos de mudar o mundo e serem indispensáveis; e depois também, aí é preciso dizer baixinho, murmurando, escrevendo tudo pequenininho, se essa mulher decidiu ser brasileira, e no fim das contas pouco importa o que ela decidiu ser, mas ela escolheu o Brasil, em todo caso, se ela decidiu ser algo diferente da filha do FDP desse país derrotado, é para fazer a todos, à sua mãe, e sobretudo a ele, ou quem ele seja, provavelmente prestes a morrer de fome – a mulher deseja que o FDP esteja vivo e prestes a morrer de fome – enfim, é para mostrar a todos um último gesto de desdém – essa é a forma educada para não mostrar a porra do dedo mandando eles se foderem – um gesto de liberdade suprema, não se pode mais que isso, não costumam dizer que não se escolhem os pais, que somos quem somos? Será? Ah não, ela, mulher brilhante, mulher camaleônica, dona de seu destino, ela é mais que isso, ela é a Origem, ela criou sua própria origem, o Vale do Silício cria, com bilhões de dólares, a inteligência artificial; ela, ela criou a origem artificial, sim, fui ousada, perdão perdão, o *eu* me escapou, ela ousou, sim, ela ousou, e então? Ao menos teve culhões para ousar, sim culhões, porque essa mulher sonharia em ter culhões, não por seu aspecto físico, mas pela testosterona, pela masculinidade, pela virilidade que eles encerram; sim, ela ousou, e ela está certa que devem existir alguns chineses, alguns pobres camponeses da região mais fodida da China, que sonhariam em ser japoneses, no Japão tudo é conectado e de Primeiro Mundo, não como esse Terceiro Mundo nojento, mesmo cabelo mesmos olhos mesma cor de pele, os brancos que nos dominam não perceberiam; essa mulher está certa de que devem existir alguns proletários, algumas filhas de proletários vis, que sonhariam em se libertar de sua classe social e em ousar fazerem-se passar por burguesas, na Burguesia tudo é limpo e elegante e de Primeiro Mundo, os Brancos que nos dominam não perceberiam; sim, estou certa, ela está certa, que outros, como ela, sonhariam em mudar sua origem degradante, talvez até já tenham dado esse passo; mas eu me engano, ela se engana, não sei mais quem se engana; onde eu estava? à liberdade, essa mulher não se prendeu a ninguém, ela decidiu ser quem queria, e se, amanhã, ela decidir não ser mais brasileira, ela vai se desvencilhar, será de novo quem quiser ser e recomeçará uma nova vida em outro lugar, ela partirá novamente do zero.

On the Road

– É para você.

Abro a caixinha de cor bordô que Howard me estende. Pendurado a uma fina corrente, um tatu de ouro, incrustado com micro diamantes e pequenos olhos de esmeralda.

– Boa viagem, meu amor.

As irmãs Valentes

Duas atrizes entram em cena.
ATRIZ 1 – (*segurando a cabeça entre as mãos*):
Pele muito escura, cabelo muito crespo é o que se vê,
Meu físico está ligado a um clichê.
Ignorante desempregado criminoso favelado
Escuridão da pele e fracasso parecem crescendo
O arquétipo da minha cor virou um estereótipo,
Sub-representado entre os poderosos,
Super-representado entre os traficantes.
A trágica solitude
Da minha negritude.

ATRIZ 2:
Você quer se desnudar, tua pele escura retirar...

ATRIZ 1:
O que fazer? Vivo em apneia
Como uma condenada sobre a terra.

ATRIZ 2:
Chega de se lamentar!
Antes tente a eles uma resposta dar
A esses poderosos

Absolutos.

ATRIZ 1 – (*sem ouvir, perdida em seus pensamentos*)
Menina, eu era inquieta, muda, sem brilho
Tentando aliviar minha pena da cor africana
Minha raiva da Negra-brasileira
Minha vergonha da Caribenha,
(*mexendo a cabeça*) Sou uma beleza negra
Sem importância
Uma esquecida da História
De um povo sem espelho.

ATRIZ 2:
Você esquece seus ancestrais valentes!
Lembre-se dessa Travessia,
Dessa imensa obscuridade
A que os teus sobreviveram
Aparentemente derrotados por essa barbaridade...

ATRIZ 1:
Eu não terei descanso
Enquanto meu rosto não for mais claro.

ATRIZ 2 (*animando-se*):
Eles remodelaram tua forma de pensar
Esmagaram tua personalidade
Flagelaram tua raça
Tentaram apagar todos os traços!
Não foi uma tarefa fácil: foi preciso escravizar, humilhar, castigar, matar.
E puderam desfrutar em seguida de todas as vantagens
Tirando toda sua raiz.
Você mesma secretava sua própria toxina
Sim, agora compreendo melhor, a solitude de tua negritude...

ATRIZ 1:
Eu me consumo
Presa entre a bigorna e o martelo
Abaixei as armas
Arriscando minha alma
A desolação se apossou de minhas emoções.
Eu definho
No vício do engano
E navego na bruma de meu amargor
A pleno vapor...

ESPECTADORA (*levantando-se da plateia*)
Nossa amiga negra precisa de cuidados!

ATRIZ 2:
Ela ainda não sabe
Que o tido como vencido é um vencedor potencial
Desde que seja plural

OUTRA ESPECTADORA (*levantando-se da plateia*)
Sobre as ruínas dessas cinzas
Irmã, tu aprenderás!

ATRIZ 1 (*perplexa*)
Encontrar quietude na negritude?

ATRIZ 2:
Eles te tomaram tudo
Tuas tradições, tua língua
Até teu nome próprio.
Você esqueceu quem era
Quando a noite caiu sobre teu passado.

ATRIZ 1:
Cansei dessas parelhas
Saber quem sou, quem serei
Dependeria de meu conhecimento da África das palmeiras
Do meu saber da geografia do Golfo da Guiné?
Isso não pode influir na minha vida presente.
Não acredito na nostalgia permanente!

ATRIZ 2:
A mecânica foi testada, melhorada
E está hoje bem rodada:
Sem surpresa você se despreza
Em um negócio há gerações adquirido e aprendido.
Você se afoga no horror de sua história
Acreditando-se condenada à decadência inglória.

ESPECTADORA (*levantando-se da plateia*)
Como é triste! Ela poderia crescer
Aplaudir-se
E resplandecer!

ATRIZ 2:
Você é uma sobrevivente!
Vacilante mas valente
Resistente!

ATRIZ 1 (*murmurando*):
Você certamente tem razão
É no orgulho de minha ancestralidade
Que preciso encontrar a impetuosidade
Para minha presente ação.

UMA DAS ESPECTADORAS QUE JÁ FALOU ANTES (*sai de seu lugar e sobe no palco*):

Eles nos domaram sem nos destruir.
Sim, foi preciso curvar a cabeça, abaixar os olhos
Com um grande sorriso dizer "Sim, senhor"
Dançar, cantar nos canaviais
Para que pensassem que tinham nos derrotado.
Esperamos pacientemente
Confiantes que um dia a terra de nosso desembarque
Seria aquela de um futuro exuberante
(*Ela anda sobre o palco, a grandes passos, refletindo em voz alta, cada vez mais exaltada*):
Primeira vitória:
É forçoso constatar
Que suas agressões vieram a fracassar.
Nossa resistência física é um triunfo gritante,
Brilhante, radiante!
Segunda vitória:
De joelhos, passando pela humilhação
Nosso povo ganhou à força de fugas coletivas e protestos
A emancipação.
Terceira vitória:
Iguais perante a lei
Algo que ainda faltava
Após a liberdade, a cidadania.
Hoje adquirida.

AS TRÊS ATRIZES (*juntas*):
Vitória! Vitória! Vitória!

(*A peça parece terminar, o público aplaude, as "espectadoras" juntam-se às atrizes no palco, as cinco irmãs Valentes agradecem, mas a Atriz 1 retoma a palavra e diz com uma voz entusiasmada*):
Rumo a quarta vitória!

ATRIZ 2 (*eletrizada*):
Sem confundir *businesswoman*
E megalômana
Quebre todos os tetos de vidro
E conquiste o universo.
Seja fiel e ávida de glória,
Humanista subindo os degraus do poder
E juntas, escreveremos outra história.

(*Uma pausa*)
ATRIZ 2 (*continua, com um tom categórico, dirigindo-se ao público*):
E nunca mais evoque a solitude de tua negritude!
Mais que tudo, tenha a audácia
De viver em estado de graça.

(*As cinco irmãs Valentes com o braço levantado, o punho cerrado, a cabeça erguida. Elas sorriem, resplandecentes*).

* * *

Fui eu que escrevi, é minha primeira peça! Dramaturga, sou dramaturga! Mas não sei quem assina essa peça, Victoria-a--Rainha-do-Mundo? Não, ainda não, não estou pronta, vou assinar Victoria, aí sim, e um pseudônimo, o pseudônimo dessa rainha haitiana? Sim, por que não o pseudônimo de uma guerreira, ou talvez um mero, e falso, Victoria da Silva.

* * *

Tenho muito mais a dizer, tanto a dizer! As mulheres, preciso falar das mulheres; dos Negros, com certeza, preciso falar dos Negros, adoraria dizer Pretos, para separar a cor da raça e evitar toda aproximação da raça com essa cor sinônimo de fracasso, problema, desgraça, sujeira, obscuridade, ilegalidade, imoralidade; dos pais, preciso falar das filhas sem pai; do consumo, preciso dizer tudo que penso sobre o ter como definição de ser, ter, ter e aparecer, é a única coisa que conta nesse país; esse país, meu país, preciso falar da violência irracional que tomou conta dele; preciso falar de política, da elite brasileira que não suporta ver os filhos de seus empregados estudando junto com seus próprios filhos, a luta de classes está bem viva aqui; vou escrever sobre tudo isso, vou escrever e disparar sobre tudo que se mexe, vai ser uma carnificina, já estou animada e até tentarei, quem sabe, se estiver muito inspirada e cheia de energia positiva, o que não vai demorar, estou convencida, escrever sobre a felicidade, foi a última foto que Dentuço tinha me mostrado, uma frase escrita na traseira de um ônibus caindo aos pedaços, *O segredo da vida não é ter tudo que se quer, mas amar tudo que se tem*, e aproveitarei talvez, também, por sinal, para escrever sobre o amor.

Sertão-Zero

Terceiro dia. No começo, tudo se misturava na minha cabeça, todas as minhas histórias, Vic, Vitor, Venenosa, Vênus, Vera, Vanina, Vida-Um, Vida-Dois, as irmãs Valentes, as frases sobre os vidros traseiros, *O Senhor é meu pastor e nada me faltará, Jesus te ama* – e ele, ele me ama?

Fiz mais de dois mil e quinhentos quilômetros a partir de São Paulo. Do meu lado, no banco do passageiro, Honolulu.

* * *

Decidi ir para o Nordeste de meu primeiro país, para o sertão, esse território semiárido, cinco vezes maior que meu segundo país, conhecido como Polígono das Secas. No começo, contornei o litoral, depois me enfiei no Agreste, depois cheguei diante de um maciço montanhoso, que se ergue como um muro, é ali que as nuvens repletas da umidade do litoral pairam, quando descemos essa serra a seca aparece, é o alto sertão e, em seguida, o sertão profundo. Chama-se Cariri.

As paisagens montanhosas a perder de vista, o céu infinito e depois, subitamente, os enormes blocos de granito no meio da caatinga, cavados pelo sol e pelo vento.

Segui as placas e parei diante de um agrupamento de algumas casas brancas, simples, com a eterna rede suspensa nas colunas dos terraços. Douglas e Davis, moradores de 14 e 9 anos, me levam para conhecer essas pedras sagradas, há até mesmo pinturas rupestres, Davis, o menor, me mostra, ele tem os olhos castanhos, vivos e espertos, um sorriso cheio de buracos adoráveis, o maior acrescenta que essas pinturas têm provavelmente 10000 anos, e me conta que nessa gruta aí se escondeu o famoso Lampião.

– Lampião, o cangaceiro? Ele se escondeu aqui?

Os dois pequenos riem, claro que sim, o vovô o conhecia; não, corrige o maior, era o bisavô.

A vista sobre a região é alucinante e a caatinga se estende a nossos pés, marrom-acinzentada.

– É sempre assim seco? Pergunto às crianças, pra puxar conversa.

Sim, caatinga quer dizer "floresta branca" em tupi-guarani, eles me explicam; os dois querem ganhar sua gorjeta, será para quem contar mais histórias, mas também há um pouco de verde, aqui e ali, são os umbuzeiros, ou juazeiros, ou algarobas, mas olhe aqui, Dona! Davis, o menor, me diz.

Ele tira um pequeno molho de chaves de seu bolso – eles trancam as portas nesse fim de mundo? Prendem as bicicletas? – e, talhando com um gesto rápido o tronco cinzento da árvore desfolhada que eu tomava por morta, ele deixa correr uma seiva verde clara.

– Está vendo? Elas não estão mortas, Dona. Estão fingindo... Diz Davis com um sorriso triunfante, e acrescenta: É como a carapaça de um tatu, entende? Elas se protegem contra a seca.

– E assim que chove, a carapaça cai, tudo fica verde e renasce...

– Você já viu um tatu? Pergunto a eles.

– Sim, tem um monte aqui! Exclama Davis.

– Mas cada vez menos, detalha Douglas.

– Eu vi um, digo.

– Onde?

E eles olham por toda parte, surpresos que a estrangeira tenha visto algo que lhes escapou.

– Vejam.

E eu mostro o tatu no meu pescoço. Davis se aproxima e o observa em silêncio, com a boca entreaberta, virando-o com seus dedinhos.

* * *

Uma estrada asfaltada, um caminhão na minha frente, *Reze, não até que Deus ouça, mas até que ouças Deus.* Também me lembro dessa frase, ou já a ouvi? Algo como *Para andar a esmo, basta estar sozinho, se estamos a dois, sempre vamos a algum lugar,* boa frase; quando vejo um caminho de terra ao lado, acabo pegando, sem saber muito para onde vou, no meio do matagal, mas sempre encontro uma estrada maior. Cruzo com homens de moto, de bicicleta, de cavalo, não há muitas mulheres por aqui; urubus-de-cabeça-preta pousados nas estacas das cercas aguardam, pacientemente a morte; alguns zebus, só pele e osso; e bodes, muitos bodes, são os únicos animais capazes de sobreviver nessa secura, eles podem trepar nas árvores para arrancar pequenos ramos, mas deterioram o ecossistema, porque comem tudo e não deixam nada pra trás, Davis me explicou.

Ontem, dei uma freada brusca. Bem camuflado, entre os galhos, um nandu. Eu desci, deixando o motor ligado, mas não consegui abrir passagem, fiquei toda arranhada. O nandu, com suas pernas altas, bem protegido pelos espinhos da caatinga, não se mexeu.

* * *

Nas vilas que atravesso, compro duas garrafas de água, uma pra mim e uma pra Honolulu, tomo o café fraco e bem doce, como um pedaço de rapadura ou um bolo de coco... Pra puxar conversa, sempre pergunto:
– Foi você quem fez? Delicioso, senhora.

E digo isso fazendo sinal de positivo, tinha esquecido o gosto do açúcar, o gosto da gordura, como é bom.

Fico em pensões baratas, no primeiro dia dormi toda vestida colocando minha cabeça sobre uma toalha, de tanto medo que estava da roupa de cama, tomei banho com minhas sandálias, não me sentei na privada do banheiro; mas aos poucos, me deixo levar pela gentileza dessa gente estranha do sertão. Há cactos por toda parte.

– Vem comigo, Dona.

Mandacaru, quipá, palmatória, macambira, cardeiros, coroa de frade, faxeiro, xique-xique – Seu Paulo, o proprietário da pensão em que fiquei ontem, fez comigo um *tour* pela vizinhança e nomeou com orgulho as espécies de cactos que encontramos por aqui, agora eu conheço todas as famílias, colunares, espinhentos, peludos.

Ele me mostrou com um sorriso maroto a jurema, uma planta da qual se tira uma bebida alucinógena e sagrada, ele também me falou das frutas daqui – a seriguela, o umbu.

– Isso tem algo a ver com o umbuzeiro?

– Ah, Dona, você já conhece o umbuzeiro?

– Fui sertaneja numa vida passada, não percebeu?

Ele começa a gargalhar, sim, o umbuzeiro é a árvore do sertão, resistente à seca, aliás, em tupi-guarani, a língua dos índios nativos, umbu quer dizer "árvore que dá de beber". Ele tem raízes muito profundas; antigamente, quando a seca era dramática, abominavelmente dramática, os sertanejos e os animais comiam pedaços para matar sua sede. É uma árvore fantástica, nada se perde, utiliza-se o tronco, as folhas, e obviamente os frutos, verde-claros, bem doces, como ameixas.

Seu Paulo, querido Seu Paulo! sempre com um sorriso nos lábios, uma piada guardada, um poço de sabedoria esse homem, preciso voltar e anotar tudo que ele diz, esse homem é uma enciclopédia, pleno de sua própria história, da história de seus pais, de seus avós, de seus bisavós. Que sorte ele tem! Transmitiu-se tudo, ele me conta histórias de séculos passados como se as tivesse assistido.

Na menor ocasião, o sertão se anima, canta, dança, bebe, toca-se o acordeão, a flauta e todos os tipos de tambores; dança-se a quadrilha, o coco-de-roda – em um círculo, é preciso bater o pé, para imitar o som do coco que se quebra, e bater as mãos também –, o xaxado, muito popular entre os cangaceiros.

– Cangaceiros?

– Você gosta de cangaceiros, Dona?

Sim, os cangaceiros adoram o xaxado, não é preciso ter par, é uma dança contagiante, arrasta-se o pé direito, um dois três, e um para a esquerda, o mestre na frente, que declama suas proezas, insulta o inimigo, lamenta a morte dos camaradas, e o resto da banda que lhe responde em coro; bate-se fortemente os pés, assim, um-dois-três para a direita, pequena flexão do joelho, um para a esquerda gingando, é fácil, viu, Dona?

Que sorriso por trás de seu bigode, Seu Paulo, um verdadeiro sol!

– Até logo, Seu Paulo, obrigada por tudo.

– Já vai? Volte sempre, Dona. Não viu nada do sertão, não...

Eu me enfiei no sertão do Cariri, ainda mais longe de tudo, ainda mais no meio do nada – ou talvez no coração de tudo –; penso em como começar tudo do zero, depois de tudo, aos quarenta anos, ainda é possível recomeçar tudo?

Freei bruscamente, desci do carro deixando o motor ligado e as portas abertas, me aproximei cuidadosamente dos bodes e cabritos na beira da pista, eles não se mexeram, fiquei imóvel, fundida ao cenário; pensei nesse livro que terminei ontem, essa cena horrível da qual me lembrarei toda a vida, uma família de retirantes fugindo da seca abominável, seu êxodo quase bíblico através do sertão para chegar ao litoral, e de repente, um bode aparece, como uma miragem, mas não, não é uma alucinação, eles pulam sobre ele, atacam-no e matam-no; finalmente vão comer, que festa! Mas o proprietário do bode chega não sei de onde, insulta-os, xinga-os de todos os nomes, de mendigos sujos, e o pai da família, um homem digno, um lavrador, um poço de sabedoria, como Seu Paulo provavelmente, que nunca pediu caridade e sempre viveu de seu trabalho, ajoelha-se e implora: "Tenha piedade, pelo amor de Deus! Por favor, me dê de comer, um pouquinho ao menos, pra mim, meus filhos e minha velha", e o outro, o proprietário do bode, joga-lhes as vísceras com desprezo: "E já estou sendo muito bom, seu bando de ladrões, sem vergonhas!" "Obrigado, Deus lhe pague!" E a família começa a devorar as vísceras sujas.

 Nunca, nunca esquecerei dessa cena, toda vez que vir um bode.

 Deixo a manada partir e volto para o carro.

* * *

Dentro do carro, todos os vidros abaixados, o braço pra fora da janela, Lulu com a cabeça pra fora da janela, meus cabelos voam, as orelhas de Lulu voam; meu bebê sofre com o calor, mas eu quero sentir o ar quente, transpirar, evacuar minhas toxinas, meu veneno, não tenho mais quase nenhum.

 Respiro melhor, vejo melhor, sorrio melhor. Eu me vejo pelo retrovisor e sorrio me vendo ao natural, desnudada, sem batom, sem esmalte, sem sombra, mais doce, menos severa.

 Eu me observo mais uma vez pelo retrovisor, e observo também, no meu pescoço, meu tatu.

Diferente, estou com um ar diferente.

* * *

Quarto dia. Os dias são escaldantes e as noites frescas. De noite, leio – fiz minha provisão de clássicos brasileiros, clássicos do sertão. Observo o céu: é azul petróleo e constelado de estrelas. Em alguns dias será lua cheia. Li que nas noites de lua cheia, a terra fica macia e coberta de prata.

* * *

Quinto dia. Na curva de uma estrada, paro. É muito belo. É aqui. É aqui que vou recomeçar tudo do zero.

* * *

Sertão-Zero.
Uma mulher, sozinha, no Sertão-Zero. Como chamá-la? Vejamos, Zerinha.
Zerinha está curvada sob o peso de alguma coisa – é o Antigo-Eu. Como está pesada, apesar de suas aulas de Pilates e de seu regime vegano e...
Zerinha deixa o Antigo-Eu cair como um saco de batatas. Antigo-Eu está no chão. Acho que não se levantará mais. Ficará aqui para sempre, no sertão místico, no Sertão-Zero.
Zerinha se sente melhor, balança os ombros, mexe no pescoço, vira-o para a direita, para a esquerda, faz movimentos rotatórios com os braços... Zerinha põe as mãos na cintura e olha para o horizonte. Ela fecha os olhos, inspira, expira.
Zerinha quer marcar a mudança, como marcar a mudança?

Ela olha para o relógio. Quase meio-dia. Ela decide esperar pelo meio-dia.

Esperando pelo meio-dia, no silêncio sufocante, ela sobe no cume desse conjunto de granitos; não é alto, mas a vista é magnífica. Certamente os cangaceiros passaram por aqui. Ela se abaixa para tocar o granito. Está queimando. Rapidamente, volta para o carro para procurar algo. Sobe novamente.

Ela estende uma camiseta e uma bermuda do Antigo-Eu sobre a pedra.

Esperando pelo meio-dia, na paz de sua solidão, ela se senta no interior de uma pedra de granito cavada pelo vento e olha ao seu redor – o sertão marrom, cinza-fosco, com algumas manchas verdes – mas Zerinha teve a chance de encontrar Davis, Douglas e Seu Paulo, ela começa a ver o branco, o branco das flores do cacto mandacaru; o vermelho, o vermelho da coroa de frade; o preto, o preto do urubu; o laranja, o laranja do bico e do colarinho do urubu-rei; o branco-vermelho-negro, as cores do galo-de-campina.

De repente, uma serpente. Uma salamanta! A mais bela de todas as serpentes do sertão. As cores do arco-íris se refletem em suas escamas.

O sertão se ilumina...

É belo, tão belo!

No calor escaldante, o silêncio estala.

Zerinha chora sem fazer barulho, esperando pelo meio-dia.

Meio-dia.

Zerinha sai do abrigo sob a pedra. De pé, pisoteando as roupas do Antigo-Eu estendidas no solo, afastando largamente os braços, ela joga a cabeça pra trás. Ela fecha os olhos e se deixa queimar pelo sol ao zênite que bate em seu rosto.

Ela está louca? Ela grita:

– Novo-Eu!

Sua voz ressoa pela solidão do sertão.
Honolulu, que ficou embaixo, no banco do motorista do carro, responde latindo.
Ela grita ainda mais forte:
– Novo-Eu!
Para ter a certeza de que o mundo inteiro a ouviu, Zerinha – Zerinha no coração do mundo, no centro da Terra – vira-se, com os braços bem abertos, para os quatro pontos cardeais.
É isso. Zerinha, que não é mais Zerinha e agora se chama Novo-Eu, endireita a cabeça, abre novamente os olhos e sorri.
O Antigo-Eu está enterrado. Novo-Eu foi batizado no sol do sertão.
Uma grande vida a espera.

* * *

Parti, feliz com a minha loucura.
Eu me vejo pelo retrovisor e sorrio para meu rosto de Novo-Eu.
Diferente, estou diferente.
Dentro do carro, todos os vidros abaixados, o braço pra fora da janela, deixo o vento entrar. Meus cabelos voam, as orelhas de meu Lulu voam.

* * *

Mamãe, penso na Mamãe...
Preciso ligar pra ela – não, não preciso ligar, sempre ligo no Natal e em seu aniversário –, não, preciso vê-la, preciso convidá-la pra vir ao Brasil, preciso dizer-lhe que estou diferente.
Vou dizer que a amo. Durante esses anos, achei que por causa dele eu não podia amá-la, mas não, ela precisa enten-

der que essa é minha forma estranha de amá-la, amá-la e odiá-la ao mesmo tempo, vou dizer-lhe, eu sei que não é normal, Mamãe, mas vamos tentar assim, pelo menos pra começar, tudo bem, Mamãe?
Meus filhos, penso em meus dois filhos...
Eles também, preciso ligar pra eles, dizer-lhes que estou diferente, que os amo; eles, eu jamais odiei, sempre amei, mas agora, vou amá-los melhor, não mais, porque não tenho certeza se posso, mas melhor; pensei muito em mim, mas agora poderemos...
E Howard,
e Saboia-das-Vacas,
e minhas amigas,
Diferente, tudo vai ser diferente.

* * *

Chega de Nem-Nem.
O tatu é tudo.
Estou com a cabeça a mil, muitas ideias, é muito excitante, um Novo-Eu.

Dona Elena

Eu parei em um vilarejo sufocado pelo sol, realmente charmoso, devo ter vivido aqui em uma vida passada, tenho algo de sertaneja, as casas encadeiam-se pela rua principal e depois desembocam na praça, pequenos blocos térreos, uma casa azul oceânica, uma em amarelo vivo, uma verde clara, uma laranja, enfileiradas, os batentes das portas e das janelas caiados de branco; na praça, inúmeros flamboyants; um coreto com um jovem só de bermuda, deitado na balaustrada, em uma preguiça imóvel; uma casa um pouco mais imponente, rosa com colunas, adornos de gesso, e sobre o frontão, uma data, 1850.

Eu desço na pensão de Dona Elena, toda enrugada, toda curvada, impossível dizer se ela tem sessenta ou oitenta anos, se ela é negra, branca ou indígena, certamente um pouco dos três. Ela me recebeu com um grande sorriso, me mostrou meu quarto nessa casa rosa do século XIX, austero e limpo, uma cama, uma cadeira, uma mesinha coberta com uma toalha de crochê; pra puxar conversa perguntei se ela havia feito a toalha de crochê, ela me disse que sim, esperando seu marido.

Em seguida, ela me convidou pra tomar um cafezinho, sentamos uma ao lado da outra no pequeno banco de seu terraço que dá para a praça, ali onde ela deve passar a maior parte de seu dia, observando a rua deserta, tomamos seu café fraco e doce, no pires um pequeno pedaço de rapadura – ela cortou o tijolo de açúcar com um facão –, e me perguntou o que eu fazia no sertão, respondi que queria conhecer o país, ela balançou a cabeça sem dizer nada, e começou a observar a rua, pegando seu bordado.

Depois de um longo momento, ela se voltou pra mim e abriu um grande sorriso, com toda sua boca desdentada, e me disse, parece loucura, eu sei, mas ela me disse – e não, não vou dizer nada, é muito místico, ninguém vai acreditar, será meu segredo, vou guardar pra mim, no calor de meu coração, ao lado do lugar que farei para Mamãe-Elena e para Sertão-Zero.

Em seguida, ficamos mudas, dividindo o mesmo silêncio.

Eu estava bem, sentada ao lado de Dona Elena nesse pequeno banco, um vento quente entrava no terraço, e após um momento, vi que a rua que parecia deserta na verdade não estava, até reinava uma certa animação, alguns carros e bicicletas passavam – bicicletas velhas que pareciam de chumbo e pesando trinta quilos –; e depois um menino chegou a cavalo, um belo cavalo alazão, ele montava em pelo, que elegância, um verdadeiro cavaleiro, ele acenou pra mim, me pareceu muito livre, feliz, belo, estou alucinando? Olhei para minha xícara de café, será que Dona Elena colocou jurema aqui dentro? Vi um vira-lata com o rabo entre as pernas, uma galinha magricela, um menino em uma bicicleta muito grande para ele que me encarou enquanto passava, um velho que levantou seu chapéu pra mim, de longe.

– Shhh! Dona Elena disse de repente, colocando um dedo sobre a boca.

Não estávamos falando, mas ela queria chamar minha atenção, com esse mesmo dedo ela mostrou sua orelha em seguida. Ela quer que eu escute, mas o quê? Ela pediu silêncio com o dedo novamente e então eu ouvi: um casal de sabiás, alaranjados, pequenos e leves, frágeis, cantando um após o outro, gorjeando um dueto, porque o amor existe, mesmo entre as aves... E depois Dona Elena pegou minha mão e a apertou contra a sua. Ela pôs de lado seu bordado, eu me deitei sobre seus joelhos, sobre sua saia de algodão florida, suspirei, e não sei quando comecei a chorar.

* * *

Contrariando todos os meus planos, fiquei vários dias na pensão de Dona Elena, gostava de seus silêncios reconfortantes, escutei suas histórias de cangaceiros, beatos, coronéis; um dia farei disso um romance; com ela, cozinhei, colhi plantas, escutei pássaros – Dona Elena adora os pássaros, os gorjeios melodiosos do corrupião, as cores do vem-vem, o canto melancólico da patativa – eu rezei com Dona Elena, pois Dona Elena é muito piedosa, ela acredita muito nos milagres de Nosso Senhor, e é uma devota do pai Sizo.

De noite, antes de se deitar e apagar a luz, Dona Elena faz suas preces, uma Ave-Maria, assim como a oração de Santa Tereza de Lisieux, Para Vós o tempo é um nada, porque um só dia é como mil anos. Logo num só instante podeis preparar-me para comparecer diante de Vós..., ela fecha os olhos, as mãos juntas, de frente para a parede branca rachada onde estão três quadros: sobre um fundo azul celeste, um Jesus loiro, com uma auréola de luz dourada, no peito um coração cingido com uma coroa de espinhos e encimado com uma cruz; Santa Terezinha do Menino Jesus, com um manto negro e um véu branco, carregando nos braços um crucifixo e um buquê de rosas vermelhas, rosas e brancas; e uma velha fotografia de Zé, seu marido.

Eu não rezei com ela, mas a escutei, com fervor, Meu Deus, te agradeço por todas as graças que me deste, em particular por ter-me feito passar pelo sofrimento... Espero assemelhar-te no céu e ver brilhar sobre o meu corpo glorificado...

* * *

Abandonei Mamãe Elena, mais uma rainha que terá sido de uma generosidade sem limites comigo, como Titia-Doce, como Titia-Professora, todas essas rainhas vão me reconciliar com a humanidade. Começo subitamente a pensar em meus filhos, com um aperto no coração, quero recuperar o tempo perdido, quero vê-los, dividir o sertão com eles, o sertão vai nos aproximar, e subitamente, enquanto a velha voz de Luiz Gonzaga ressoa dentro do carro – acordeão, tambor, flauta cantando o amor do sertão, das vacas, das mulheres, um pouco nessa ordem – vejo alguma coisa no meio da estrada; por reflexo, desvio, paro, a estrada está deserta, cruzei com dois carros ao todo desde de manhã, olho no meu retrovisor, inacreditável, não acredito em meus olhos, um tatu, sim, um tatu-bola, meu animal fetiche! Deixo o motor ligado e desço do carro para vê-lo mais de perto – um tatu todo redondo, que formou uma bola quando me ouviu chegar, aterrorizado, "Não tenha medo, tatu", é como quando meus filhos eram pequenos e íamos ao zoológico, e que o pobre animalzinho paralisado ficava apoiado no muro artificial, o mais longe possível do vidro ou das grades, e que as crianças, desesperadas para ter um pouco da afeição do animal, estendiam sua mãozinha, "Não tenha medo, bichinho". Eu me agacho sobre os calcanhares e espero sem me mexer, Honolulu desce do carro, "Não, volta pro carro, Lulu!", ele lambe a minha cara, cheira o tatu, "Volte, Lulu, ele está com medo de você!", ele lambe dentro da minha orelha, me faz cócegas, "Me deixe, ouça!", Lulu vai embora, vai fazer xixi mais longe. O tatu começa a relaxar, a deixar sua pequena cabeça sair, inacreditável essa carapaça articulada, que maravilha, estou absorta em sua contemplação e não ouço nem vejo chegar uma outra beleza, mais mecânica, o último modelo de um 4×4 de marca japonesa, deve ser do figurão da região, de quem Mamãe Elena me falou dizendo que ele metia no bolso todo dinheiro que Brasília mandava pra construir estradas e poços no sertão, um ladrão, ladrão imundo que roubava o dinheiro público; enfim, o 4×4 hesitou um quarto de segundo entre bater em um companheiro 4×4 e um tatu, ele optou pelo tatu – por solidariedade mecânica, entre os 4×4, claro que eles se dão as mãos! – e pela contempladora do tatu.

É engraçado como essas cenas de acidente que vemos nos filmes são realistas, vemos tudo em câmera lenta, eu vi o 4×4 chegar, seu para-choque cromado que vinha pra cima de mim, enorme, tive tempo de ver a cabeça do motorista, poderia fazer um retrato-falado, o telefone que ele tinha nas mãos, esse cretino devia estar no WhatsApp, seus óculos de sol de aviador, seu queixo duplo engordurado de se empanturrar ao longo do dia, seu chapéu, e sua boca deformada por um ricto apavorado – pavor, Victoria, tem certeza? Pavor ou vingança?

Estou a ponto de valsar, desarticulada. Até o fim eles vão tentar me impedir...

Quem são *eles*?

Quem são *eles*, você ainda pergunta?

Mas *ele*, é claro, *ele* que quis roubar meu coração e me impedir de viver, *ele*, que quis, ao cavar essa ferida e deixá-la aberta, me reduzir a nada; e *eles*, é claro, *eles* que temem por seus postos nos conselhos de administração, os zeros nas suas contas bancárias, e sua supremacia oligárquica, simplesmente, a supremacia de sua raça, de seu sexo e de seu clã; acreditei que fazia parte disso, enquanto eu fazia parte eu fechava minha boca, mas de agora em diante, sou muito livre, muito Novo-Eu.

Sim, é bem isso, Banha-Dupla abestalhado com suas mil mensagens de WhatsApp tem a boca deformada por um sorriso VTF, *vou te foder*.

* * *

Foi como se eu voasse.

* * *

E Honolulu?

* * *

Bobinho, você não achava que eu ia acabar assim, sozinha com meu Novo-Eu, sob o sol e o céu alucinante do Sertão-Zero? Eu saltei, saltei como nunca, um salto que deve ter alegrado todos os meus ancestrais que me observam lá de cima, meus ancestrais que se alegram com todos os meus sucessos, com orgulho, *sister*, me chame de *sister*, hoje tenho *brothers* e *sisters*, é o fim da solitude de minha negritude; caí na mata, no meio dos cactos, ah! Seu Paulo poderia citar o nome em latim, as propriedades medicinais e a história desse cacto desde a Pré-História, talvez tenha me dito, mas ali, naquela hora, esqueci, sinto apenas os espinhos, os galhos e arbustos, tenho arranhões por toda parte, estou toda enredada, ai, ai, ai, como pica! E se pica é um bom sinal, estou viva; viva, que maravilha! Vejo o 4×4 fugir em uma nuvem de poeira, nem teve culhão pra reconhecer o fracasso de sua missão, Banha-Dupla poderia ter terminado o serviço com um revólver, mas não, fugiu, porque ele sabe que sou mais forte que ele, realmente mais forte que ele, sou a Superwoman, e meu cachorro é o SuperDog – ele também está vivo! Começo a gargalhar, a cabeleira despenteada, o rosto esfolado, eu me desvencilho de meus irmãos cactos, rah, isso queimaaaa!, e grito com uma voz rouca no silêncio do sertão: "Ei, Banha-Dupla, volte!", Honolulu late, ele também grita: "Ei, Banha-Dupla, volte!", Banha-Dupla não me ouviu, mas todos os outros me ouviram, os bodes, os avestruzes, os pássaros, as serpentes, e até os cangaceiros, tenho certeza, todos me viram, todos quiseram aplaudir a guerreira assim que a viram saltar e sobreviver.

Guerreira, sou uma guerreira, ah! que alegria estar viva e poderosa nessa seca verdejante, ganhei minha guerra; hoje tenho a audácia de estar em estado de graça, hoje assumo minhas irmãs resistentes – vosso sacrifício não terá sido em vão, obrigada por tudo, amigas, obrigada por mim e pelas que virão; eu reencarnei, terei a inteligência de Victoria, a gentileza de Titia-Doce, a tenacidade de Mamãe e a raiva controlada de Calamity-Vic, e é apenas o começo, esperem que eu descubra todas as minhas irmãs do passado e que imagine todas as minhas irmãs do futuro; sairei grande, imensa; vou perdoar, mas não esquecer; e irei vê-los, *ele, eles*, sentarei na frente deles e ficarei em silêncio – nada, não direi nada, duelo de olhares, ele abaixará os olhos primeiro, e serão eles que abaixarão os olhos primeiro, eu sei, porque a força está comigo; e eu, e todas as minhas irmãs atrás de mim vamos entrar pela brecha, este século será nosso, VFCTE.

À S. e C. e G.
Às guerreiras
Aos meus dois países

Paula Anacaona
é editora e tradutora, especializada em literatura brasileira. Desde 2009, traduz e publica na França autores de literatura marginal periférica e autores do nordeste. É autora de duas biografias juvenis sobre Jorge Amado e Maria Bonita. Tatu é sua estreia na ficção adulta.

© Èdicions Anacaona, 2018
© Editora NÓS, 2018

Direção editorial SIMONE PAULINO
Assistente editorial JOYCE ALMEIDA
Projeto gráfico BLOCO GRÁFICO
Revisão JORGE RIBEIRO

*Texto atualizado segundo o novo Acordo Ortográfico
da Língua Portuguesa.*

Dados Internacionais de Catalogação na Publicação (CIP)
de acordo com ISBD

Anacaona, Paula
Tatu: Paula Anacaona
Título original: *Tatu*
Tradução: Lívia Bueloni Gonçalves
São Paulo: Editora Nós, 2018
240 pp.

ISBN: 978-85-69020-40-0

1. Literatura Francesa. 2. Romance.
I. Lívia Bueloni. II. Título.

CDD 843 / CDU 821.133.1-3
Elaborado por Vagner Rodolfo da SIlva - CRB-8/9410

Índice para catálogo sistemático:
1. Literatura Francesa: Romance 843
2. Literatura Francesa: Romance 821.133.1-3

Todos os direitos desta edição
reservados à Editora NÓS
Rua Francisco Leitão, 258 – sl. 18
Pinheiros, São Paulo SP | CEP 05414-020
[55 11] 3567 3730 | www.editoranos.com.br

Fonte SECTRA
Papel POLÉN SOFT 80 g/m²